DANGEREUSE

JOSEPHINE HART

DANGEREUSE

(Damage)

Roman traduit de l'anglais par Evelyne Châtelain

FRANCE LOISIRS
123, Boulevard de Grenelle, Paris

Une Édition du Club France Loisirs, Paris
réalisée avec l'autorisation des Éditions Robert Laffont

ISBN 2-7242-6875-X

A Maurice Saatchi

1.

Il existe un paysage intérieur, une géographie de l'âme, dont, toute la vie, nous cherchons l'image.

Ceux qui ont la chance de le trouver, telle l'eau qui coule sur la roche, glissent sur ses contours fluides, et y sont chez eux.

Certains le trouvent dans leur ville natale, d'autres se dessèchent dans leur village du bord de mer, et vont se rafraîchir dans le désert. Il y a ceux qui sont nés dans les paysages vallonnés et qui ne se sentent vivre que dans l'agitation frénétique et la solitude de la ville.

Pour d'autres, la quête est celle de l'empreinte d'un autre, enfant, mère, grand-père, frère, amant, mari ou ennemi.

Nous pouvons vivre heureux, malheureux, comblés ou frustrés, aimés ou non, sans jamais ressentir le choc glacial de la reconnaissance, la souffrance de l'âme qui se libère de ses fils barbelés quand, enfin, nous trouvons notre place.

J'ai été au chevet de mourants qui semblaient perplexes devant le chagrin de leur famille, au moment de quitter un monde dans lequel ils ne s'étaient jamais sentis chez eux.

J'ai vu des hommes pleurer davantage la mort d'un frère, dont la vie avait autrefois été liée à la leur, que celle de leur enfant. J'ai vu devenir mères des jeunes filles, qui, il n y a pas si longtemps, sautaient joyeusement sur les genoux de leur oncle.

Dans ma vie, j'ai voyagé loin, me faisant en chemin d'étranges et chers compagnons, une femme, un fils et une fille. J'ai vécu avec eux, tendre étranger dans un paysage d'une frustrante beauté. Cachottier émérite, en douceur et en silence, j'ai estompé les aspérités de mon être. J'ai dissimulé mon malaise et ma douleur tandis que je tendais vers l'image que je m'étais choisie ; je m'efforçais d'être tel que me voulaient ceux que j'aimais, bon mari, bon père, et bon fils.

Si j'étais mort à cinquante ans, j'aurais été un médecin et un homme politique reconnu, même si je n'occupais pas le devant de la scène. Quelqu'un qui avait beaucoup donné au monde, et que sa femme aimante, Ingrid, et ses enfants, Martyn et Sally, regrettaient.

Tous ceux qui seraient allés plus loin que moi dans la vie auraient assisté à mes funérailles, et ma mémoire aurait été honorée par leur présence. Et les larmes de ceux qui pensaient avoir connu l'homme intimement auraient témoigné de son existence.

Cela aurait été les funérailles d'un homme au-dessus de la moyenne, à qui le monde aurait accordé plus de grâces qu'à beaucoup d'autres. Un homme qui, à l'âge relativement prématuré de cinquante ans, aurait terminé son voyage. Voyage qui l'aurait conduit vers d'autres honneurs, d'autres succès, se serait-il seulement poursuivi…

Mais je ne suis pas mort à cinquante ans. Et rares sont ceux qui, aujourd'hui, ne considèrent pas ce fait comme une tragédie.

2.

On dit que l'enfance nous modèle, que les premières influences sont la clé de tout. Gagne-t-on si facilement la paix de l'âme ? Résultat inévitable d'une enfance heureuse ? Qu'est-ce qui fait une enfance heureuse ? L'harmonie du couple ? Une bonne santé ? La sécurité ? Une enfance heureuse n'est-elle pas la pire préparation à la vie… un peu comme si on menait un agneau à l'abattoir.

Mon enfance, mon adolescence et ma jeunesse furent dominées par la figure de mon père.

La volonté, le pouvoir absolu de la volonté, tel était son credo.

« La volonté. La plus grande valeur de l'homme. Que la plupart n'utilisent pas. La solution à tous les problèmes. » Combien de fois ai-je entendu ces mots ?

Cette croyance inébranlable en son pouvoir sur sa propre vie, et la stature imposante qui abritait cette force de volonté en faisaient un personnage redoutable.

Il s'appelait Tom. Aujourd'hui encore, des années après sa mort, j'associe la force de caractère à tous les Tom que je croise.

Avec la petite épicerie héritée de son père, il bâtit une chaîne de magasins sur laquelle il édifia sa fortune. Mais il aurait réussi, quelle que soit la carrière entreprise. Il aurait appliqué sa force de volonté à la réalisation de son but, et, irrémédiablement, l'aurait accompli.

Il appliqua sa volonté à ses affaires, sa femme, son fils. Avec ma mère, son premier but avait été de la conquérir. Puis de s'assurer qu'en aucun cas sa vie à elle n'entraverait la sienne.

Il la courtisa avec un empressement zélé, et l'épousa dans les six mois. Ce qui l'avait séduit tient toujours du mystère pour moi. Ma mère me semble n'avoir jamais été une beauté. Un jour, j'ai entendu parler d'elle comme d'une jeune fille très vive. C'est peut-être ce qui l'a attiré. Pourtant, il n'y a pas trace de cette vivacité dans mes souvenirs de sa douce présence. Jeune fille, elle peignait. Ses aquarelles ornent toujours les murs de la maison de mon enfance. Elle s'est arrêtée. Brusquement. Je n'ai jamais su pourquoi. La nature des liens qui les unissaient, bien qu'indéniables, m'échappe toujours.

J'étais fils unique. Après ma naissance, mes parents ont dormi dans des chambres séparées. Mon arrivée avait peut-être provoqué un traumatisme. Quoi qu'il en soit, il y avait la chambre de mon père, celle de ma mère, et ils dormaient séparément. Comment cet homme jeune vivait-il sa sexualité ? Je n'ai eu vent d'aucun scandale, pas la moindre insinuation. La chambre à part n'était peut-être pas destinée à bannir la sexualité, mais à la canaliser, pour des raisons de contraception.

Ma vie d'enfant et de jeune homme me paraît enveloppée dans un brouillard que seul transperçait la présence omnipotente de mon père. « Prends ta décision. Et agis », disait mon père... en parlant de mes examens, de la course (ma seule prouesse en athlétisme), ou, à son grand embarras, de mes cours de piano. « Prends ta décision, et agis. »

Et l'incertitude, les doux plaisirs de l'échec ? La volonté des autres, écrasée par la sienne ? Peut-être n'y avait-il jamais songé. Non par méchanceté ou cruauté, mais parce qu'il croyait savoir mieux que tout le monde. Et que l'intérêt de tous, c'était de suivre le sien.

3.

— Alors, tu as pris ta décision, tu veux être médecin ? dit mon père, quand, à dix-huit ans, je décidai de me lancer dans les études de médecine.

— Oui.

— Bon, alors, va jusqu'au bout. C'est difficile, tu pourras t'y tenir ?

— Oui.

— Je n'ai jamais voulu que tu reprennes les affaires. Je l'ai toujours dit, décide-toi, et agis.

— Oui.

Tout en suivant ma voie, j'avais l'impression de me plier à sa volonté. Il en est ainsi avec les fortes personnalités. Plus on s'éloigne du rivage, plus on sent que les eaux leur appartiennent.

— Mais c'est merveilleux, dit ma mère. Tu es sûr que c'est bien ce que tu veux ?

— Oui.

Ni l'un ni l'autre ne me demanda pourquoi. De toute façon, j'aurais été incapable de répondre. Si l'on m'en avait dissuadé, peut-être aurais-je trouvé des raisons bien tranchées, me serais-je engagé avec enthousiasme. Peut-être ce genre de passion n'existe-t-elle que si le désir est entravé.

A dix-huit ans, je suis allé faire ma médecine à Cambridge. J'ai étudié les myriades de maladies du corps et le moyen de les soigner, mais cela ne m'a pas rapproché de mon prochain. Je ne semblais pas plus me soucier d'autrui, ni l'aimer plus que si j'avais étudié l'économie. Il me manquait quelque chose, mon engagement était incomplet. Pourtant, j'ai réussi, et j'ai décidé de devenir généraliste.

— Pourquoi ne pas te spécialiser ? Devenir professeur ?

— Non.

— Je ne te vois pas généraliste.

— Ah ?

— Bon, puisque ta décision est prise.

Je suis entré dans un cabinet de St. John's Wood. J'ai acheté un appartement. Ma vie prenait forme. J'en étais arrivé là par ma propre volonté, et non sous les pressions parentales. J'avais pris ma décision. J'avais agi.

L'étape suivante était toute tracée.

— Ingrid est une véritable beauté, dit mon père. Et quelle volonté ! Elle a une force de caractère extraordinaire, poursuivit-il d'un ton approbateur. Alors, tu es décidé à te marier ?

— Oui.

— Bien. Parfait. Le mariage est une très bonne chose… pour l'âme.

Mes ambitions étaient satisfaites. C'était mon propre choix. Ma vie était une bénédiction. Une belle vie, mais la vie de qui ?

4.

Ma femme est très belle. J'en prends à témoin mes propres yeux et les réactions de ceux qui la voient.

C'est une beauté agréablement proportionnée, harmonieux mélange de regard, teint et cheveux. C'est un être accompli. Elle était accomplie avant que je la connaisse. C'est à son idée de la vie que je me suis conformé. Et j'en étais heureux.

Elle avait vingt ans quand je l'ai rencontrée, conventionnellement, très correctement, chez des amis. Aucune discordance chez elle, rien qui puisse me chagriner. Dans une large mesure, elle possédait le pouvoir de séduction de la sérénité. Ingrid prit mon admiration initiale, et plus tard, mon amour, comme un cadeau précieux, mais mérité.

Moi qui avais eu peur de l'amour, peur qu'il libère en moi une certaine sauvagerie, je me sentais apaisé. J'avais le droit d'aimer. Et je me croyais aimé en retour.

Je n'ai dévoilé aucun mystère en elle. Elle était exactement comme je l'avais imaginée. Un corps tiède, et beau. Si elle n'est jamais venue vers moi, elle ne s'est pas non plus détournée.

Le mariage n'est pas le pari qu'on croit souvent. Nous pouvons influer sur son cours. En choisissant une épouse, nous sommes mus par l'intelligence aussi bien que le romantisme. Qui serait téméraire dans une épreuve à la réputation aussi terrifiante ? Mon mariage avec Ingrid a suivi un cours qui ne nous a surpris ni l'un ni l'autre. Aussi aimant que nous l'avions espéré, aussi prudent que notre nature l'exigeait.

Non, ce sont les enfants, le pari. Dès leur naissance, notre impuissance augmente. Au lieu de se laisser modeler par tout notre savoir et notre tendresse, ils sont eux-mêmes. Dès la naissance, ils sont au centre de nos vies, dangereux fil du rasoir de notre existence.

Leur bonne santé, que l'on considère souvent comme un effet de nos soins, n'est, au mieux, qu'un don du hasard. Leurs maladies, si elles sont graves, détruisent notre bonheur. S'ils en guérissent, nous vivons pendant des années en sachant ce que signifierait leur mort. La nature arbitraire de notre passion pour nos enfants, qui révèlent si peu d'eux-mêmes pendant leur court séjour avec nous, est, pour beaucoup, la grande aventure de la vie. Mais, contrairement aux objets de nos amours sentimentales, nous ne choisissons pas celui ou celle qui sera notre fils ou notre fille.

Aucune révélation exceptionnelle sur la nature de l'existence ne sembla accompagner l'entrée de Martyn dans la vie. Fils parfait et aimé, il était là, comme si nous l'avions toujours attendu, ou presque. Sally naquit deux ans plus tard. Ma famille était au complet.

A la trentaine, je contemplais mes deux enfants, reconnaissant, aimant, éperdu. Sans aucun doute, là se trouvait le cœur de la vie : une femme, deux enfants, un foyer. J'étais sur la terre ferme. En sécurité.

Nous avions la sérénité et le bonheur de ceux qui n'ont jamais connu le malheur ni les affres de l'angoisse. Nous nous félicitions secrètement de la chance d'avoir un foyer paisible et admiré, comme s'il reflétait un haut niveau moral qui portait ses fruits. Peut-être avions-nous appris qu'on peut organiser la vie à son profit, qu'elle ne réclame qu'un peu d'intelligence et de volonté, un système, une formule, une astuce.

Peut-être y a-t-il dans l'existence des rythmes bénins et malins. Nous avions accordé les nôtres sur la fréquence de la beauté. Ma vie, alors, était un paysage agréable. Les arbres étaient verts, les pelouses luxuriantes, les eaux calmes.

Parfois, je regardais dormir ma femme, et je savais que si je la réveillais je n'aurais rien à lui dire. Quelles étaient-elles, les questions auxquelles je voulais qu'elle réponde ? Mes réponses à moi étaient là, à l'étage du bas, dans la chambre de Martyn ou de Sally. Comment aurais-je pu avoir d'autres questions ? De quel droit aurais-je posé des questions ?

Le temps chevauchait ma vie... en vainqueur. Je m'accrochais à peine aux rênes.

Quand nous pleurons ceux qui meurent jeunes, ceux qui ont été privés de temps, nous pleurons les bonheurs perdus. Nous pleurons les occasions et les joies que nous n'avons jamais eues nous-mêmes. Nous sommes sûrs que ce jeune corps aurait connu les délices tant désirées que nous avons cherchées en vain. Nous croyons que l'âme candide, enfermée dans sa jeune prison, se serait libérée pour voler vers les plaisirs que nous cherchons encore.

Tout en traversant en somnambule des années de jours et de nuits, on se dit que la vie est douce, ses satisfactions profondes. On laisse le temps déferler sur nous, persuadés qu'il n'aura jamais de fin. Et pourtant, chaque jour que nous vivons, chaque individu est unique au monde... irrémédiable, à jamais. Ce n'est qu'un lundi de plus...

Ah, tous les lundis perdus de notre jeune ami défunt ! Comme ils auraient été heureux ! Les années passent, les décennies passent. Et nous n'avons toujours pas commencé à vivre.

Mais les naissances auxquelles j'ai assisté ? Y a-t-il quelque chose de plus productif dans la vie d'un homme ? Guérisseur des souffrances, j'étais souvent le dernier à voir un mourant. Mon regard était-il compatissant ? Laissais-je trahir ma peur ? Je crois que j'étais utile dans ces circonstances. Mais les petits drames ? Les peurs et les angoisses dont je devais m'occuper ? Oui, c'était du temps bien employé.

Pourtant, pourquoi le temps s'écoulait-il pour finir par se perdre dans le torrent ? Pourquoi étais-je médecin ? Pourquoi me suis-je ainsi dévoué ? Dans quel but me suis-je dévoué, plein d'attentions, mais sans amour ?

Ceux qui ont de la chance devraient se cacher. Se montrer reconnaissants. Espérer que les jours de courroux n'entreront pas chez eux. Protéger tout ce qui leur appartient, et plaindre leurs voisins frappés par le malheur. Mais discrètement, et de loin.

5.

Le père d'Ingrid était député conservateur. Issu d'une famille bourgeoise aisée, il s'était enrichi grâce à de sages investissements. Bien que mon père eût plus d'argent qu'on aurait pu le croire, Edward Thompson était le plus riche des deux.

Il croyait que la cupidité était l'instinct fondamental de l'humanité. Que le parti qui remportait les élections était celui qui promettait la situation économique la plus avantageuse à la majorité, et non au pays.

— C'est la grande erreur des travaillistes, mon cher. Ils savent que tout tourne autour de l'économie. Et ils confondent ça avec une meilleure situation pour tous. Personne n'en veut. Ça coûte trop cher et tout le monde s'en moque. La majorité, c'est elle qu'il faut soigner, et elle votera pour toi. C'est simple comme bonjour.

Ingrid souriait, ou argumentait avec gentillesse et humour. Mais en fait, il avait sans doute raison. A chaque fois, il était réélu avec une majorité confortable, toujours intacte.

J'avais de plus en plus de mal à me montrer aimable, souriant avec lui, mais pendant des années j'ai gardé mes questions pour moi. Plus le temps passait, plus je perdais patience. Je commençais à discuter avec plus de véhémence. A mon grand étonnement, il adorait ça. Le visage illuminé et ravi, il se dressait contre chaque critique. C'était un orateur beaucoup plus doué que je ne l'aurais imaginé. Quand il me piégeait, il éclatait d'un rire triomphant.

J'étais naturellement en position d'infériorité, j'imagine. J'abhorrais le socialisme et les solutions apparemment simplistes de la gauche. L'absence de liberté qu'elle incarnait de plus en plus me faisait horreur.

J'acceptais la philosophie générale du parti conservateur. Pourtant, sa poursuite effrénée des biens matériels me déplaisait fortement. J'étais un conservateur mécontent, protestataire, qui posait des questions, mais conservateur dans l'âme, malgré tout.

La médecine n'est pas l'entraînement rêvé pour la vie politique. Souvent, cela se ressentait péniblement dans les débats, mais, avec le temps, je m'améliorais.

— Pourquoi ne pas vous présenter au parlement ? Un garçon comme vous y trouverait sa place.

Mon beau-père aurait tout aussi bien pu m'inviter à dîner à son club tant il lança cette bombe d'un ton léger, un soir.

— Mais absolument. Vous êtes médecin. Vous

représentez la compassion, l'intégrité, les valeurs qui remettent les types avides dans mon genre sur le droit chemin. L'idée me plaît beaucoup. C'est une bonne chose pour le parti. C'est une bonne chose pour vous. Vous pourriez aller loin, vous savez. Vraiment. Oh ! bien sûr, je ne pensais pas ça au début. Vous ne saviez pas aligner deux mots, pardonnez-moi de vous le dire. Mais vous avez fait beaucoup de progrès. Tout est là, tout a toujours été là, sous la surface. Cela s'est déjà vu, les eaux dormantes qui se réveillent soudain. Et puis, vous avez de grands orateurs à vingt ans qui n'ont plus rien à dire à la quarantaine. Oh, oui, cela s'est vu. Cela fait vingt-huit ans que je suis député, vingt-huit ans. J'en ai vu d'autres !

Ingrid sourit — d'un air conspirateur, pensai-je après coup. Mais j'étais flatté. Je croyais pouvoir adoucir le conservatisme des Edward Thompson, ne serait-ce qu'un petit peu, et y apporter ma contribution personnelle. Mes doutes intérieurs disparurent ce soir-là. L'idée me séduisait. J'étais fier de moi.

Après avoir épié mes moindres mouvements pendant des années pour éviter de me laisser dominer par mon propre père, j'étais sur le point de m'embarquer dans une nouvelle vie sur une flatterie de mon beau-père.

Ce soir-là, Ingrid et moi avons discuté plus intensément que jamais dans toute notre vie de couple. Elle débordait d'enthousiasme. J'ai compris qu'elle avait toujours dû vénérer son père en héros. Elle était tout excitée que je suive ses traces.

Nous nous mîmes d'accord pour que je brigue un siège facile, qui venait juste de se libérer, tout près de chez nous. Là, mon influence de médecin jouerait au maximum. J'étais opposé à un homme d'affaires local, plus habile, plus âgé, mais les responsables du parti avaient envie d'un candidat qui travaillait dans le « social ». Je fus vite choisi comme représentant du parti tory. Lors des élections partielles, ils ont dû estimer avoir fait le bon choix, car je fus élu avec une majorité substantiellement accrue. Ingrid rentra dans sa coquille, satisfaite. Le mécanisme normal de notre relation se rétablit. Elle avait ce qu'elle voulait. La tranquillité qui avait caractérisé notre vie quotidienne avait repris son cours.

Des années plus tard, je me suis souvent demandé de quoi Ingrid et son père avaient exactement discuté, avant ce dîner fatal. M'avaient-ils trouvé si facile à manipuler ? A moins que je ne me sois pas méfié, tant je me croyais mal connu, et donc peu menacé.

J'aurais fait le rêve de tous les publicistes. J'avais quarante-cinq ans, une femme belle et intelligente, un fils à Oxford, une fille dans un lycée privé. Mon beau-père était un politicien reconnu qui payait son tribut au parti.

J'étais plutôt bel homme. Pas assez pour que mon apparence me précède, telle une réputation non méritée, mais suffisamment pour bien passer à la télévision, l'arène des gladiateurs du monde moderne. Là, ceux qui se lancent à mort dans le combat politique ne saluent pas César mais ceux-là mêmes qu'ils sont sur le point de trahir. Cela donne aux masses une illusion de pouvoir, qui dissimule que, si sanglant que le combat paraisse, le politicien gagne à tous les coups. Dans une démocratie, il y a toujours un politicien ou un autre pour remporter la victoire.

J'avais bien l'intention d'être celui-là. Mes partisans étaient puissants. Je fus élu et m'élevai dans la hiérarchie avec l'aisance qui caractérisait tout ce que j'entreprenais. Je croyais aussi farouchement à ma cause qu'à la médecine. Mais mes efforts ne m'ont rien coûté. Pour un homme qui n'a jamais vu vraiment passer une seule seconde, le temps n'est pas un gros sacrifice, pas plus que le travail qui donne des résultats concrets, ni l'énergie d'un homme en pleine maturité et en parfaite santé.

En politique, je défendais les valeurs que j'avais déjà mises en pratique dans un cabinet surchargé : l'honnêteté, une sorte d'intégrité pointilleuse, un désintérêt total pour le pouvoir personnel, associé à l'arrogance exaspérante de celui qui sait que, s'il décide d'entrer dans le jeu, il remportera la victoire.

J'évitais tous les clichés sur lesquels est censée reposer la vie politique. La loyauté au parti comme moyen de se gagner de l'avancement, l'échange de petits services, le respect et l'admiration accordés à contrecœur aux nouveaux leaders, les maîtres de l'avenir qui ont besoin de se faire reconnaître et à qui on doit allégeance, tout cela me répugnait.

Pourtant, se montrer dépourvu d'ambition dans un monde d'ambitieux, c'est inviter la haine ou la peur. Rentrer dans le jeu sans avoir l'intention de gagner, c'est être l'ennemi.

Il était improbable, mais pas impossible, que j'arrive au sommet. Tout ce qu'il me fallait, c'était un angle d'attaque. Je ne l'avais peut-être pas. A moins qu'il n'ait été caché. Je devins une énigme pour mes collègues, un homme apparemment décidé, mais sans décisions à prendre. Mes capacités évidentes n'avaient pas encore été mises à l'épreuve mais, comme moi, mes collègues savaient que, si l'on m'en donnait la chance, le succès suivrait sans doute. Mais pourquoi m'en donnerait-on la chance ? Contrairement aux autres, je ne la convoitais pas.

Ni dans le domaine médical ni dans le domaine politique, je n'avais trouvé la clé de mon être. Je me consacrais à mes consultations parlementaires avec le dévouement que j'avais accordé à mes patients. Mais ce n'était qu'une affaire d'intellect. Aucun effort ne me semblait trop grand pour donner conseil sur tel point, agir sur tel autre.

Ma conscience professionnelle et mon savoir-faire m'attirèrent le respect, et une sorte de confiance. Je faisais bien mon travail. Il n'y avait aucun doute là-dessus. Je m'exprimais sur les points qui me semblaient nécessiter des éclaircissements. Je disais ce que je pensais. Je pensais ce que je disais. Ce n'est pas moi qui pesais le poids des conséquences politiques de mes paroles, du moins jamais indûment. En revanche, les sujets que j'abordais étaient rarement essentiels pour la discipline du parti. Mes idées séduisaient une grande part de la gauche tory.

Jamais je ne me suis retrouvé confronté à un grave dilemme moral. Je ne disais ou ne ressentais jamais rien d'extrême, rien ne me laissait dangereusement isolé. Toutes les options, à part celles de l'extrême droite, m'étaient encore ouvertes. Je n'aurais pu mieux m'y prendre si j'avais planifié à l'avance une parfaite carrière politique.

Bientôt, on m'attribua le poste de secrétaire d'Etat au ministère de la Santé, poste pour lequel, de toute évidence, j'étais fait. Mon visage attentionné, ma voix distinguée qui prononçait des clichés acceptables, vaguement progressistes, passaient bien à la télévision. Je lisais attentivement les journaux et les magazines qui relataient ce que j'avais toujours cru, dans ce qui paraissait être un discours sincère et authentique. J'ai appris à connaître la géographie publique de mon âme par la télévision et la presse. Ce n'était ni humiliant ni agréable, une pièce bien rodée de plus, tout simplement. J'étais bien obligé de reconnaître moi aussi que, si je continuais ainsi assez longtemps, je pourrais au fil des ans briller avec de plus en plus d'éclat.

Un sondage, publié dans un journal du dimanche, me cita comme l'un des futurs candidats possibles au poste de Premier ministre. Ingrid était enchantée. Mes enfants, embarrassés.

J'interprétais les rôles qu'on attendait de moi, tel un acteur professionnel d'une bonne compagnie de répertoire anglaise. Fiable, compétent, fier de son travail, mais aussi éloigné de la magie d'un Lawrence Olivier ou d'un Gielgud qu'un piètre amateur.

Je semblais dépourvu de la passion qui transcende la vie et l'art. Pourtant, dans ses grandes lignes, ma vie était une bonne prestation.

6.

Mon fils était très beau garçon. S'il y avait chez moi une certaine lourdeur, chez Martyn elle était équilibrée par la finesse d'Ingrid. Il possédait à la fois la grandeur et la force. La pâleur excessive d'Ingrid y était. Mes cheveux et mes yeux noirs semblaient ajouter un contrepoint à la délicatesse presque féminine de son teint. C'était un contraste extrême, assez exceptionnel en Angleterre, et l'opposé exact de sa sœur Sally, ce rare miracle, pourtant fréquent, qu'est la véritable « English Rose ».

La beauté de nos enfants est troublante. Son excès implicite pose un point d'interrogation sur les parents. La plupart des pères aimeraient avoir des filles séduisantes, des fils virils. Mais la véritable beauté déconcerte. Comme le génie, on la préférerait dans une autre famille.

La beauté et l'élégance de Martyn me gênaient. Ses aventures amoureuses étaient si ouvertement superficielles que j'étais stupéfait que ses petites amies ne sentent pas le danger en lui. Sa collection de jeunes femmes, qu'Ingrid et moi nous rencontrions au déjeuner dominical ou lors de soirées, semblait inépuisable. Je voyais bien que mon fils couchait ici et là. De toute évidence, il ne se souciait guère des regards enamourés jetés dans sa direction. Tout cela amusait beaucoup Ingrid. Moi, beaucoup moins.

Quand il quitta l'université, son attitude face à la vie me consterna. La médecine ne l'intéressait pas. La politique ne l'attirait pas. Il voulait être journaliste — la position de l'observateur, me semblait-il. Il était très volontaire et très ambitieux professionnellement, mais son ambition était totalement égoïste. A aucun moment il ne s'est leurré sur son compte, ni n'a essayé de nous leurrer.

Il trouva un travail dans un journal local, où, ironiquement, et peut-être à son grand chagrin, on lui confia la tâche de correspondant politique. A vingt-trois ans, il fut assistant dans un journal de Fleet Street. Il quitta le petit appartement que nous lui avions aménagé au-dessus du garage et s'installa dans un bien à lui.

Ingrid était heureuse de ses succès et de son esprit d'indépendance. C'était un tel contraste avec les fils de nos amis qui semblaient toujours douter de tout. Pour moi, pourtant, Martyn restait une énigme. Parfois, je le regardais, et je me souvenais qu'il était mon fils. Il me lançait un regard interrogateur et souriait. Je savais qu'avec lui ma prestation était tout juste passable.

Avec Sally, je m'en tirais un peu mieux. Elle était sérieuse et douce. Elle développa ses petits talents pour la peinture au maximum de ses potentialités et devint assistante dans l'atelier dessin d'une agence de publicité.

Voici donc un mariage aux contours bien définis. Mari fidèle, à défaut d'être passionné, j'avais une attitude aimante et responsable vis-à-vis de mes enfants. Je les avais menés en sécurité jusqu'à l'âge adulte. Mes ambitions, dans des domaines importants et respectés, étaient réalisées. Mes revenus et mes ressources personnelles suffisaient à me libérer de tout souci financier.

Que demander de plus ?

J'avais observé les règles. J'avais été récompensé.

Des objectifs précis, un peu de chance et, à présent, à la cinquantaine, je m'étais totalement réalisé.

7.

Parfois, je regarde de vieilles photographies des visages souriants des victimes, et j'y cherche désespérément un signe prouvant qu'ils étaient au courant. Ils devaient sûrement savoir que, dans quelques heures, quelques jours, ils perdraient la vie dans cet accident de voiture, cette catastrophe aérienne, ce drame de la vie domestique. Mais je ne trouve rien, rien du tout. Ils ont le regard serein. Quel terrible avertissement pour nous. « Non, je ne savais pas. Pas plus que vous... il n'y a eu aucun signe. » « Moi qui suis mort à trente ans... moi aussi, j'avais des projets pour la quarantaine. » « Moi qui suis mort à vingt ans, j'avais rêvé, tout comme vous, d'avoir des roses devant ma petite maison, un jour. Cela pourrait vous arriver aussi. Pourquoi pas ? Pourquoi moi ? Pourquoi vous ? Pourquoi pas ? »

Je savais donc que, sur les photographies de moi prises à cette époque, mon visage vous regardait, confiant, un peu froid, mais surtout ignorant. C'est le visage d'un homme que je ne comprends plus. Je connais le pont qui me relie à lui. Mais l'autre côté a disparu, telles des terres submergées par la mer. Il reste peut-être quelques traces sur la plage, à marée basse, mais sans plus.

— Elle paraît plus vieille que toi. Un peu. Quel âge a-t-elle ?

— Trente-trois ans.

— Cela fait huit ans de plus.

— Et alors ?

— Oh, rien. Elle a huit ans de plus que toi, c'est tout.

— De qui parlez-vous ? demandai-je, dans la cuisine.

— Anna Barton, la petite amie de Martyn.

— Ah ! Une nouvelle, non ?

— C'est pas vrai ! A vous entendre, on dirait que je suis un Casanova.

— Ce n'est pas le cas ?

— Non. (Martyn semblait triste.) Ou si ça l'était, c'est fini. De toute façon, je n'avais jamais rencontré quelqu'un qui compte.

— Et elle, elle compte ?

— Qui ?

— Cette Anna Burton.

— Barton. Anna Barton. Je ne la connais que depuis quelques mois. Euh, elle est plus importante que les autres.

— Plus intelligente aussi, dit Sally.

— Tiens, tu reconnaîtrais une fille intelligente ? Ce serait quelqu'un comme toi, sans doute !

— Il y a plusieurs formes d'intelligence, Martyn, la mienne est artistique. Toi, tu as l'intelligence des mots. C'est tout. Mais même si c'était une question de vie ou de mort, tu ne saurais pas dessiner un chat.

La Sally qui rougissait ou pleurait devant les sarcasmes de Martyn n'existait plus depuis longtemps. Elle n'était pas très proche de son frère et ne dépendait aucunement de lui. Le sujet d'Anna Barton avait été abordé calmement après le déjeuner du dimanche. Ni Martyn ni Sally n'en reparlèrent.

— Tu n'as pas l'air de l'aimer, cette Anna, dis-je à Ingrid, alors que nous nous préparions à nous coucher.

Elle marqua une longue pause avant de répondre :

— Non. Non, je ne l'aime pas.

— Pourquoi ? Sûrement pas parce qu'elle a huit ans de plus que Martyn ?

— Un peu. Non, elle me met mal à l'aise.

— Oh, ce n'est rien sans doute. Connaissant Martyn, ce n'est qu'un flirt de plus.

— Non, c'est plus que ça, j'en suis sûre.

— Ah ? Comment se fait-il que je ne l'aie pas rencontrée ?

— Elle est venue quelquefois le mois dernier quand tu étais à Cambridge. Et un soir à dîner, pendant ton séjour à Edimbourg.

— Jolie ?

— Bizarre. Pas vraiment jolie. Elle paraît bien son âge. C'est plutôt rare chez les filles aujourd'hui.

— En tout cas tu ne parais pas le tien.

J'en avais assez de parler d'Anna Barton, et je voyais bien que cela peinait Ingrid.

— Merci.

Et elle me sourit.

Effectivement, Ingrid ne semblait pas approcher la cinquantaine. Elle avait toujours la même beauté blonde et mince, à peine moins douce. Ses yeux avaient perdu un peu d'éclat, mais c'était toujours une très belle femme, sans aucun conteste. Une femme qui resterait belle pendant très longtemps encore. C'était toujours la même forteresse imprenable. Blonde, calme, superbe. Ma femme, Ingrid, la fille d'Edward, la mère de Sally et de Martyn.

Nos vies avaient suivi des chemins parallèles au cours de toutes ces années. Pas d'éclats, pas de signaux lancés dans le ciel. Nous formions un couple civilisé, et approchions sereinement des cheveux blancs.

8.

— Anna Barton, puis-je vous présenter Roger Hughes ?

— Très heureuse.

Il me semblait que ces présentations avaient lieu dans une pièce totalement silencieuse. En fait, j'étais à une soirée de Noël bondée chez un éditeur de presse. Tous les ans, il réunissait son monde à Mayfair dans la galerie de sa femme, dans une atmosphère trop bon enfant pour être honnête. Ensuite, tout le monde était relâché en chute libre pour le reste de l'année, comme si les tribulations que son journal imposerait à ses invités avant le Noël suivant étaient déjà pardonnées.

Pourquoi ne me suis-je pas retourné ? Pourquoi, par simple curiosité, politesse ou intérêt, ne me suis-je pas approché de cette fille ? Pourquoi ce « très heureuse » semblait-il aussi significatif ? Sa raideur semblait voulue. La voix était profonde, claire, hostile.

— Anna, je voudrais vous montrer quelque chose.

— Bonjour, Dominick.

Une autre voix la demanda, et elle sembla s'éloigner, silencieusement. Je me sentais mal à l'aise. Je me sentais en décalage avec tout. Je me préparais à faire mes adieux quand soudain elle surgit devant moi :

— Vous êtes le père de Martyn. Anna Barton. Il me semblait que je devais me présenter.

Devant moi se trouvait une femme grande, pâle, avec des cheveux courts et bouclés qui dégageaient le visage. Pas l'ombre d'un sourire sur cette silhouette en tailleur noir.

— Bonjour, je suis ravi de vous rencontrer, on dirait que je vous ai manquée à chaque fois que vous êtes passée à la maison.

— Je ne suis venue que trois fois. Vous êtes très occupé.

Cela aurait dû paraître sec, mais ce n'était pas le cas.

— Cela fait longtemps que vous connaissez Martyn ?

— Pas vraiment.

— Ah, je vois.

— Nous sommes... proches depuis trois ou quatre mois. Je le connaissais un peu avant, professionnellement. Je travaille dans le même journal.

— Ah, oui, il me semblait déjà connaître votre nom la première fois que je l'ai entendu.

Nous gardâmes le silence. Je détournai les yeux. Je la regardai de nouveau. Ses yeux gris plongeaient dans les miens, les retenaient, me retenaient, me figeaient dans l'immobilité. Après une longue pause, elle dit :

— Comme c'est étrange.

— Oui.

— Je dois partir.

— Au revoir.

Elle se retourna et s'éloigna. Son grand corps en tailleur noir sembla creuser son chemin parmi la foule avant de disparaître.

Je restai cloué sur place. Je poussai un profond soupir, comme si, tout d'un coup, j'avais quitté mon enveloppe. Je me sentais vieux, et satisfait. Le choc de la reconnaissance avait parcouru mon corps, tel un puissant courant. Pendant un bref instant, j'avais rencontré un alter ego, quelqu'un de mon espèce. Nous nous étions mutuellement reconnus. Je lui en serais reconnaissant, et je laisserais cette impression s'estomper.

Je m'étais senti chez moi. Pour un instant seulement, mais plus longtemps que la plupart des gens. Cela suffisait, cela suffirait pour toute la vie.

Bien sûr que non, cela ne suffisait pas. Mais lors de ces premières heures, j'étais simplement gratifié que cet instant ait eu lieu. Comme le voyageur perdu en terre étrangère qui entend soudain, mieux encore que sa langue maternelle, le dialecte qu'il parlait enfant. Il ne se demande pas si la voix est ennemie ou amie, il se précipite vers le doux son familier. Mon âme s'était précipitée vers Anna Barton. Il me semblait que, dans une affaire aussi intime, entre Dieu et moi, je pouvais librement aller de l'avant, sans craindre de blesser cœur, esprit, corps ou vie.

C'est dans cette incompréhension fondamentale que de nombreuses vies trébuchent. En croyant, toujours à tort, que nous maîtrisons la situation. Que nous pouvons choisir de partir ou de rester sans souffrir le martyre. Après tout, j'avais seulement perdu mon âme, en secret, lors d'une soirée alors que personne ne pouvait le savoir.

Elle m'appela le lendemain.

— Je viens déjeuner dimanche. Je voulais vous prévenir.

— Merci.

— Au revoir.

On avait raccroché.

Le samedi, la folie s'empara de moi. J'étais convaincu que j'allais mourir avant dimanche. La mort me déroberait mon dimanche. Désormais, ce dimanche était la seule chose que je désirais. Car, dimanche, je me retrouverais dans la même pièce qu'Anna Barton.

Le dimanche matin, dans la prison de mon bureau, immobile, j'attendais le claquement des portes de voiture, le bruit du portail de fer sur les dalles, le tintement de la sonnerie, qui m'avertiraient d'abord de sa présence, puis m'attireraient irrésistiblement vers elle, dans ma propre maison.

En allant au salon, j'entendis mes pas résonner sur le sol de marbre du hall, puis, au milieu des rires, le déclic métallique de la poignée, lorsque j'ouvris la porte pour rejoindre ma famille, et Anna.

Je les avais retardés, et tandis que Martyn, un bras autour de son épaule, me dit : « Papa, voici Anna », Ingrid nous fit passer à la salle à manger. Personne ne sembla remarquer ma respiration difficile.

Nous nous installâmes à table, Ingrid, Sally, Anna et moi, et Martyn.

Bien sûr, en réalité, Ingrid et moi étions avec Sally. Et Martyn — un Martyn différent, hésitant, indéniablement amoureux —, avec Anna.

Anna se conduisit avec moi comme toute jeune femme intelligente qui rencontre le père de son petit ami pour la première fois. Petit ami ? Amant, sans doute. Bien sûr que oui. Ils sont amants. Des mois ensemble. Amants, évidemment.

Ni l'un ni l'autre ne parla de notre rencontre. Anna dissimula jusqu'au plus faible indice suggérant qu'elle ait jamais eu lieu. Sa discrétion, si rassurante dans les premières minutes, devenait source d'angoisse. Quel genre de femme peut bien être une actrice aussi accomplie ? me demandais-je. Comment pouvait-elle être aussi douée ?

Son corps vêtu d'une robe noire semblait plus élancé aujourd'hui, légèrement menaçant, tandis qu'elle allait au salon pour prendre le café. C'est la première étape avec toi, pensais-je, la première barrière. Regarde-moi, regarde, je suis ton alter ego.

— On pense passer le prochain week-end à Paris.

— Qui ?

— Anna et moi, bien sûr.

— C'est ma ville préférée, dit Anna en souriant à Ingrid.

— Ah ? Moi, je ne m'y plais jamais autant que je l'espère. Il y a toujours quelque chose qui ne tourne pas rond pour nous à Paris, répondit Ingrid.

C'était vrai. Chaque fois que nous y étions allés, on nous avait volé nos bagages, nous avions eu un accrochage en voiture, ou Ingrid était tombée malade. Elle n'était plus amoureuse de Paris. Le rêve ne s'était jamais réalisé.

J'écoutais la conversation calmement. Je souris, et Ingrid dit à Martyn :

— C'est une bonne idée.

La surface restait impassible, mais le sol commençait à se dérober sous mes pieds. Une faute longtemps dissimulée se révélait au grand jour. Je ressentis une petite vibration, imperceptible, fugitive, qui valait à peine d'être mentionnée. Mais la douleur qui me traversa fut si intense que je savais que de véritables ravages étaient en cours.

Je ne savais pas lesquels, je ne savais pas si je m'en remettrais, ni combien de temps cela durerait. Il me suffisait de savoir que j'étais un peu moins celui que j'avais été et un peu plus moi-même... un nouveau moi, inconnu.

A présent, je mentais à ma famille. Une femme que je ne connaissais que depuis quelques jours, avec laquelle je n'avais échangé que quelques phrases, me regardait trahir ma femme et mon fils. Et nous savions tous deux que l'autre savait. Cela créait un lien entre nous. Une vérité dissimulée, voilà ce qu'est le mensonge.

Par action ou par omission, nous ne faisons jamais que plonger dans les ténèbres. La vérité reste quelque part dans le sous-bois, où elle attend d'être découverte. Mais rien ne fut démasqué ce dimanche. Le petit mensonge, le premier pas de la trahison, semblait s'enfoncer de plus en plus dans les rires, le vin et la journée.

— Alors, comment la trouves-tu ?

— Qui ? Anna ?

— Evidemment.

— Bizarre.

— Tu vois pourquoi je m'inquiète. Martyn a complètement perdu la tête. Ce n'est pas seulement parce qu'elle est plus vieille... il y a autre chose. Je n'arrive pas à savoir quoi, mais elle ne lui convient pas. Bien sûr, il ne peut pas s'en apercevoir. Il en est fou. Le lit, je suppose.

Je me figeai.

— Oh !

— Enfin, bien sûr qu'elle couche avec lui. Mon Dieu, Martyn a eu plus de femmes que...

— Que moi.

— J'espère bien, dit Ingrid en me prenant par la taille.

Mais la conversation m'avait ébranlé. Je l'embrassai gentiment et allai dans mon bureau.

Devant la fenêtre, je regardais la lumière du soir. Anna était entrée chez moi, à présent. Elle passait d'une pièce à l'autre, entre Ingrid, Martyn et moi. Pourtant, il ne s'était rien passé, rien du tout. A part, bien sûr, la découverte de sa présence dans ce monde.

Elle fut la fraction de seconde qui change tout, l'accident de voiture, la lettre que l'on n'aurait pas dû ouvrir, le kyste au sein ou à l'aine, l'éclair aveuglant. Sur ma scène personnelle bien ordonnée, les feux de la rampe étaient allumés, et peut-être, enfin, attendais-je en coulisses.

9.

— Martyn vient déjeuner dimanche. Je crois qu'il a quelque chose à nous dire.

— Quoi ?

— J'espère qu'il ne va pas nous annoncer son mariage avec Anna, mais c'est ce que je crains.

— Son mariage ?

— Oui, il y avait quelque chose dans sa voix. Je ne sais pas, je me trompe peut-être.

— C'est impossible.

Pourquoi ceux que nous avons passé la moitié de notre vie à aimer ne sentent-ils pas la catastrophe imminente ? Comment peuvent-ils ne pas s'en apercevoir ?

— Mon Dieu, on dirait un patriarche victorien. Il a plus de vingt et un ans, il fait ce qu'il veut. Je n'aime pas cette fille, mais je connais Martyn. S'il la veut, il l'aura. Il a la même force de volonté que ton père.

Je remarquai qu'elle ne dit pas « que toi ».

— Eh bien, attendons dimanche, dit-elle en soupirant.

La conversation était terminée. Mes pensées se déchaînèrent en une furieuse bataille. J'étais blessé, je me défendais, et je me battais de nouveau contre moi-même. La colère et la peur m'engouffraient. La peur de ne jamais retrouver ma maîtrise de soi. D'avoir été déraciné. Et par une tempête d'une telle violence que, même si j'avais une faible chance de survie, je resterais définitivement blessé, définitivement ébranlé.

Je n'avais pas parlé. Je n'avais pas touché, je n'avais pas possédé. Mais je l'avais reconnue. Et, en elle, je m'étais reconnu.

J'avais besoin de sortir et de marcher. L'immobilité forcée de la pièce était un supplice. Seul un mouvement constant, infini, pouvait le rendre supportable.

J'effleurai le front d'Ingrid, et je quittai la maison. Comment peux-tu rester dans l'ignorance ? Comment ne vois-tu pas, ne sens-tu pas, n'as-tu pas dans la bouche le goût du désastre qui nous guette dans un coin de la maison ? Qui nous épie au fond du jardin ?

Je revins exténué. Je dormis comme un animal pesant, me demandant si je me relèverais jamais.

10.

— Allô ? C'est Anna.

J'attendis calmement, sachant à présent que, dans ma vie, il y avait une fin et un commencement. Sans savoir où le commencement finirait.

— Où êtes-vous ? Allez chez vous. Je vous rejoins dans une heure.

Je pris l'adresse et raccrochai.

Il existe à Londres des enclaves cachées de maisons crémeuses, riches de discrétion. Dans la profonde noirceur huilée de la porte, j'observai la silhouette de mon corps tandis que je sonnais, avant d'entrer dans la petite maison d'Anna, basse et, pour moi, mystérieuse.

Sans un bruit, nous avançâmes dans le couloir à la moquette miel. Nous allâmes au salon et nous allongeâmes par terre. Elle tendit les bras vers moi, de chaque côté de son corps, et remonta les jambes. Je me couchai sur elle. Je plongeai la tête dans ses épaules. Je pensais au Christ, toujours cloué sur la croix qu'on avait posée à terre. Puis, une main lui agrippant les cheveux, je la pénétrai.

Nous restions là. Sans mot dire, immobiles, jusqu'à ce que, finalement, j'approche mon visage du sien et l'embrasse. Enfin, le vieux rituel ancestral nous posséda ; je la mordais, l'enlaçais, la déchirais, tournant et tournoyant, tandis que nous nous cabrions et plongions, cabrions et plongions dans la jungle sauvage.

Plus tard viendrait le temps de la douleur et du plaisir que le désir prête à l'amour. Le temps que les courbes et les angles du corps poussent le primitif éberlué à s'arracher à sa peau civilisée, et à attirer la femelle vers lui. Le temps des mots obscènes et dangereux. Le temps des rires qui excitent, des rubans colorés qui lient les membres dans une fascination envoûtante, morbide. Le temps que les fleurs closent les yeux, et que la douceur soyeuse bouche les oreilles. Le temps, dans ce monde noir et silencieux, des hurlements de l'homme solitaire qui redoute l'exil éternel.

Même si nous ne nous étions plus jamais retrouvés dans la jouissance, ma vie aurait été perdue dans la contemplation de ce nouvel être qui vibrait sous ma peau. C'était comme si un crâne humain émergeait de la face du loup-garou. Rayonnant d'humanité, il surgissait de sa nuit à la rencontre de son premier jour.

Nous prîmes notre bain séparément. Je partis seul, en silence. Je marchai tout le long du chemin. Je regardai fixement Ingrid qui m'accueillait et dis en grommelant que j'avais besoin de repos. Je me déshabillai et m'allongeai sur le lit. Je m'endormis instantanément. Je dormis jusqu'au lendemain matin, douze heures de sommeil, une sorte de mort, peut-être.

11.

— De l'agneau ou du bœuf ? demanda Ingrid.

— Pardon ?

— De l'agneau, ou du bœuf ? Dimanche midi, pour Martyn et Anna.

— Oh, comme tu veux.

— De l'agneau, alors. Une bonne chose de réglée.

Anna était en blanc ce jour-là. Ça la faisait paraître un peu moins mince. L'innocence implicite de cette robe toute simple troublait mon autre vision d'elle. Cela brisait mes souvenirs de ses sombres pouvoirs. Elle était l'autre elle-même ; celle qui se comportait prudemment avec Ingrid, se gagnant au moins un respect accordé à contrecœur ; celle qui admirait ouvertement Martyn du regard, qui me parlait calmement de cuisine, de fleurs et du temps, qui parlait si bien que personne n'aurait pu soupçonner la vérité.

Si Ingrid s'était attendue à une grande nouvelle, rien de tel ne se présentait. Ils partirent à quatre heures, sans prendre le thé.

— J'ai trouvé Martyn nerveux, dit Ingrid, commençant la traditionnelle autopsie.

— Ah bon ? Je n'ai pas remarqué.

— Non ? Pourtant, c'était vrai. Il lui lançait des regards suppliants. Inutile de se demander qui aime et qui est aimé dans cette histoire. Elle avait l'air un peu moins bizarre. Plus ouverte, plus amicale. C'est peut-être la robe blanche. Le blanc, ça désarme toujours.

Ingrid la perspicace, pensais-je, qui arrive encore à me surprendre.

— Cela finira peut-être par s'éteindre tout seul. Oh, si seulement ! Je ne supporte pas l'idée d'avoir Anna pour belle-fille. Et toi ?

Je marquai une pause. Cela me semblait trop improbable. En dehors de toute possibilité. Mais la question exigeait une réponse.

— Non, moi non plus.

Nous en restâmes là.

12.

Je baignais le visage d'Anna, irrité et humide, et, en pressant l'éponge, faisais couler l'eau sur ses cheveux. Pendant des heures, nous avions mené bataille contre les barricades de nos corps. Le combat terminé, j'étais allongé à côté d'elle.

— Anna, je t'en prie, parle-moi... qui es-tu ?

Il y eut un long silence.

— Je suis ce que tu désires.

— Non, ce n'est pas ce que je voulais dire.

— Ah bon ? Mais pour toi, c'est ce que je suis. Pour les autres, je suis autre chose.

— Les autres ? Autre chose ?

— Martyn. Ma mère, mon père. (Une longue pause.) Ma famille. Les amis du passé, les amis de maintenant. C'est pareil pour tout le monde. Pour toi aussi.

— Est-ce que Martyn en sait plus ? Il a rencontré tes parents, ta famille ?

— Non. Il me l'a demandé une fois. Je lui ai dit de m'aimer telle qu'il croyait me connaître. Et si ce n'était pas possible... alors...

— Qui es-tu ?

— Tu as vraiment besoin de savoir ? Oh, c'est tout simple. Ma mère s'appelle Elizabeth Hunter. C'est la deuxième femme de Wilbur Hunter, l'écrivain. Elle mène une vie heureuse avec lui sur la côte ouest, aux Etats-Unis. Cela fait deux ans que je ne l'ai pas vue. Cela ne me cause aucune peine, et je ne pense pas que cela la plonge dans la détresse. On s'écrit de temps en temps. Je téléphone à Noël, à Pâques, et pour les anniversaires. Mon père était diplomate. J'ai beaucoup voyagé quand j'étais petite. Je suis allée à l'école dans le Sussex, j'ai passé mes vacances nulle part et partout. Je n'ai ressenti aucune tristesse quand mes parents ont divorcé. Mon père, qui avait l'air effondré quand ma mère a eu une aventure avec Wilbur, s'en est suffisamment remis pour épouser une veuve de trente-cinq ans avec deux enfants. Depuis, ils ont eu une fille, Amélia. Je vais les voir de temps en temps dans le Devon.

— Tu es fille unique ?

— Non.

J'attendis.

— J'avais un frère. Aston. Il s'est suicidé en se tranchant la gorge et les poignets dans la salle de bains de notre appartement de Rome. Aucune chance de se tromper. Ce n'était pas un appel au secours. Personne n'a compris pourquoi à l'époque. Il souffrait d'une passion dévorante pour moi. J'ai essayé de l'apaiser, avec mon corps. (Elle marqua une pause puis continua par saccades.) Sa souffrance... notre trouble... Il s'est tué. C'est compréhensible. Voilà, c'est mon histoire. Racontée simplement. Ne me repose pas la question. Je t'ai raconté pour te prévenir. J'ai été blessée. Les gens blessés sont dangereux. Ils savent qu'ils peuvent survivre.

Longtemps, nous gardâmes le silence.

— Pourquoi dis-tu que c'est compréhensible ?

— Parce que je comprends. Quelque chose que je sais et que je porte en moi. Pas un secret jalousement gardé. Simplement une histoire que je n'ai pas envie de raconter sur un garçon que tu n'as jamais connu.

— Et qui te rend dangereuse ?

— Tous les gens blessés sont dangereux. C'est d'avoir survécu.

— Pourquoi ?

— Parce qu'ils sont sans pitié. Ils savent que les autres peuvent survivre comme eux l'ont fait.

— Mais tu m'as prévenu.

— Oui.

— Ce n'était pas par pitié ?

— Non. Tu es déjà allé si loin que tous les avertissements sont inutiles. Je me sens mieux de te l'avoir dit. Mais le moment est mal choisi.

— Et Martyn ?

— Martyn n'a pas besoin d'avertissement.

— Pourquoi ?

— Parce que Martyn ne pose pas de questions. Il se contente de ce qu'il a. Il m'autorise mes secrets.

— Et s'il découvre la vérité ?

— Quelle vérité ?

— Toi et moi.

— Ah, celle-là. Il y a d'autres vérités.

— Tu sembles attribuer à Martyn des qualités d'indépendance et de maturité que je n'ai pas remarquées.

— Effectivement, tu n'as pas remarqué.

— Et si tu te trompes ?

— Ce serait une tragédie.

De son corps, j'ai peu à dire. Il était simplement indispensable. Je ne supportais pas son absence. Le plaisir était anecdotique. Je me jetais sur elle comme je me serais jeté sur la terre. Je forçais toutes les parties de son corps pour satisfaire mes besoins et la regardais se gonfler de pouvoir, au fur et à mesure qu'elle donnait. Affamé, je la tenais à distance par les cheveux ou les seins, fou furieux à l'idée d'obtenir satisfaction.

Et, au coin de chaque rencontre avec elle, surgissait un ruban de certitude, disant que ma vie était déjà terminée. Elle s'était terminée lors de cette fraction de seconde où je l'avais vue pour la première fois.

C'était du temps en dehors de la vie. Comme un acide, il s'écoulait sur toutes les années passées, brûlant et détruisant tout au passage.

13.

J'avais ouvert la porte du passage secret. Il renfermait un trésor immense. Son prix serait terrible. Toutes les défenses élaborées si prudemment — une femme, des enfants, un foyer, une vocation — n'étaient que des remparts construits sur du sable, je le savais. Sans connaître d'autres chemins, j'avais voyagé à travers les ans en m'accrochant aux jalons de la normalité.

Avais-je toujours connu cette pièce secrète ? Mon péché était-il essentiellement le manque de sincérité ? Ou plutôt la lâcheté ? Mais le menteur connaît la vérité. Le lâche connaît sa peur, et fuit. Et si je n'avais jamais rencontré Anna ? Ah, quelle bénédiction pour ceux qui ont souffert une telle dévastation, par ma faute.

Mais j'ai rencontré Anna. Et, il le fallait, j'ai ouvert la porte, et pénétré dans mon propre passage secret. Je voulais mon temps sur terre, à présent que j'avais entendu la chanson vibrer de la tête aux pieds, connu la sauvagerie qui, au-delà du regard des spectateurs effarés, fait tourbillonner les danseurs ; que j'avais sombré dans les abysses et m'étais élevé de plus en plus haut, dans une réalité unique, l'explosion époustouflante du moi.

Quels sont les mensonges impossibles ? Quelle confiance est si précieuse qu'on ne puisse la trahir ? Quelle responsabilité est si grande qu'elle puisse interdire à cette seule chance d'éternité le droit d'exister ? Hélas pour moi, et tous ceux qui me connaissaient, la réponse... n'existait pas.

Etre mené à la vie par un autre, comme je l'étais par Anna, induit d'étranges besoins, totalement inconcevables auparavant. Respirer devenait plus difficile sans elle. Je me sentais littéralement venir au monde, et, comme la naissance est toujours un acte de violence, je n'ai jamais cherché, ni trouvé, la douceur.

Nous n'atteignons les extrêmes de notre être que par la violence. La douleur tourne à l'extase, un regard, à la menace. Un défi au coin des yeux ou des lèvres, que seuls Anna et moi pouvions déceler, nous emmenait toujours plus loin, enivrés que nous étions par le pouvoir de créer notre propre univers, somptueux.

Elle ne criait jamais. Patiemment, elle endurait les lents tourments de mon adoration. Parfois, les membres ligotés dans des postures invraisemblables, comme accrochée aux cintres de mon imagination, stoïquement, elle supportait mon poids. Regard sombre, figure maternelle, créatrice éternelle de ce qui la blessait.

14.

— Il faudra peut-être que j'aille à Bruxelles vendredi, dis-je à Ingrid, en prenant l'apéritif au salon.

— Oh, non ! Pourquoi ? J'espérais aller voir papa à Hartley. J'avais envie de passer un week-end tranquille à la campagne. Je pensais que tu pourrais venir, au moins dimanche, dit Ingrid, d'un air chagriné.

— Je suis désolé, vraiment. J'aurais aimé y aller. Mais il y a une réunion très importante, ma présence est indispensable. Et George a déjà prévu deux déjeuners pendant mon séjour, plus un dîner. Avec nos partenaires hollandais. Va à Hartley. Tu t'entends si bien avec Edward. Je n'ai jamais connu de père et de fille aussi proches.

Ingrid rit. Elle et Edward se sentaient toujours en parfait unisson. J'avais souvent l'impression d'être un intrus. Et Hartley était magnifique. Edward avait acheté le domaine au début de sa carrière et y avait emmené vivre sa jeune épouse.

— Je demanderai à Sally de venir.

— Excellente idée.

— Elle pourra peut-être inviter son nouveau petit ami. Je ne sais pas si c'est sérieux. Il est plutôt sympathique. C'est le fils de Nick Robinson.

— Comment l'a-t-elle connu ?

— Il est assistant-producteur pour une chaîne de télévision.

Sally venait de quitter le monde de la publicité pour la télévision.

— Nick est un vrai gentleman. Invite donc Sally et son ami. Tu passeras un week-end fantastique.

— Martyn va à Paris, avec Anna. Mon Dieu, ça m'a l'air vraiment sérieux !

J'avais le dos tourné.

— Où vont-ils loger ?

— Dans un endroit qu'Anna connaît. Très à la mode, et excessivement cher, d'après ce que j'ai compris. L'Hôtel, je crois que cela s'appelle simplement L'Hôtel.

Je bus mon whisky. Cela avait été si facile. Anna avait refusé de me le dire. Je n'avais pas parlé avec Martyn depuis une semaine.

— Anna est riche, tu sais, dit Ingrid d'un ton réprobateur.

— Ah oui ?

— Très riche, de toute évidence. L'héritage de son grand-père, je crois. C'est comme ça qu'elle s'est offert son loft et sa belle voiture.

— Oh ! Martyn n'est pas exactement sans le sou, et il a toujours le fonds que mon père et Edward lui ont alimenté.

— Oui, je sais. Mais Anna est le genre de fille qui s'en tirerait mieux sans argent.

— Que veux-tu dire par là ?

— L'argent n'est pas sans effet sur les femmes.

— Vraiment ? Lequel ? Et n'oublie pas que tu étais riche quand nous nous sommes mariés.

— Oui, mais je ne suis pas Anna. Malgré tout ce qu'on dit aujourd'hui, le mariage exige une certaine forme de dépendance. Et l'argent en est souvent la monnaie. Chez une femme subtile, l'indépendance économique passe souvent inaperçue, ou disparaît complètement. (Elle eut la grâce d'en rire.) Mais vraiment, cette fille a une nature farouche.

— Je ne sais pas pourquoi on dit cette fille. C'est une femme, elle a plus de trente ans.

— Et elle les paraît bien. Elle est très sophistiquée, confiante en elle. Mais il lui reste quelque chose de la jeune fille, quelque chose d'enfantin.

— On dirait qu'elle te fascine, dis-je.

Ingrid me regarda.

— Pas toi ? Elle ne te fascine pas ? Elle débarque dans la vie de Martyn. Plus de trente ans, célibataire, d'après ce qu'on sait, riche, distinguée, et elle a une aventure avec Martyn. Et au bout de trois ou quatre mois, Martyn pense au mariage. Martyn ! Martyn, le don Juan !

— Tu m'en as déjà parlé. Je ne vois aucun signe avant-coureur. Je suis sûr que ce sera comme d'habitude. Un beau matin, il nous amènera une autre blondinette. Tiens, quand j'y pense, avant Anna, c'était toujours des blondes.

La colère distordait ma voix. J'essayais de rester paisiblement assis, mais je dus me réfugier près de la fenêtre.

— Tu es plutôt aveugle, pour un homme intelligent.

— Merci.

— Et même brillant, parfois.

— Vraiment, madame, je ne sais comment vous remercier.

Ingrid rit.

— Tu ne vois jamais ce qui crève les yeux. Martyn et la course aux blondes, c'est fini. Malgré toute son expérience, il est subjugué par cette fille. Il a sûrement l'intention de l'épouser. J'en suis certaine. Ses intentions à elle, eh bien, pour moi, c'est un mystère, comme tout le reste.

— Je crois que tu te trompes. Même si Martyn est amoureux, il est trop jeune pour se marier.

— Mais enfin, il a vingt-cinq ans.

— C'est encore très jeune.

— Nous nous sommes mariés plus jeunes que ça.

— Bon, très bien. Il n'est pas trop jeune. Mais Anna ne lui convient pas. Ça, j'en suis sûr.

— Là-dessus, nous sommes d'accord. Ce n'est pas très gai comme situation. Nous ne l'aimons pas. Martyn l'adore.

Elle me regarda d'un air intrigué.

— Oh ! je suppose que tu ne l'aimes pas. Mais, en fait, tu n'as jamais exprimé ton opinion là-dessus... sérieusement du moins, je me trompe ?

Je la regardai droit dans les yeux.

— Je n'y ai jamais vraiment songé. Désolé.

— Eh bien, tu ferais bien de t'y mettre, mon cher. Parce que, avant que tu saches où tu en es, et peut-être même avant que tu te sois décidé à son sujet, elle risque de devenir ta belle-fille.

Elle me regarda attentivement. J'essayai de sourire. Quelque chose devait sûrement trahir ma lutte intérieure. Mais il est possible que mon visage n'ait pas exprimé grand-chose.

— A propos, il me semble que tu devrais bientôt parler à Martyn… d'homme à homme. Réfléchis à ce que tu vas lui dire.

— J'y songerai.

— Entre tes réunions à Bruxelles, par exemple. C'est plus facile de réfléchir en dehors du milieu familial.

La conversation était terminée.

— Si cela ne t'ennuie pas, j'irai à Hartley jeudi soir. Sally pourra me rejoindre en train vendredi soir.

— Parfait. Je pars très tôt vendredi matin.

— Bon, allons dîner. Nous en avons assez dit sur les enfants et leurs amours. Parlons plutôt des vacances.

15.

Rongé par la peur de ne plus jamais la revoir, je quittai Bruxelles et pris le train de nuit pour Paris. Il fallait que je la voie. Pour continuer à vivre, il fallait que je la voie.

Et pourtant, n'avais-je pas tout planifié ? J'avais tendu un piège à Ingrid pour qu'elle me donne le nom de leur hôtel. Etais-je vraiment consumé par des forces qui m'échappaient ? Ou me précipitais-je dans une destruction nécessaire, longtemps désirée ? Les roues du train, qui engloutissaient en cadence les kilomètres dans l'oubli, avaient l'implacabilité d'une grande machine du destin.

Paris le matin avait cet air d'un village qui se prépare à la fête. Tout le monde connaissait bien son rôle et savait à quel moment entrer en scène. Je m'installai dans un bar et commandai un café et des croissants. Puis, comme si je dessinais mentalement une carte, je parcourus les rues proches de l'hôtel. J'observais, très attentif à l'heure. Je me jurai de ne pas l'appeler avant neuf heures.

Anna avait dit qu'elle s'occuperait de tout. Je fis un pari.

— *Mme Barton, s'il vous plaît.*

— *Un instant, ne quittez pas.*

La réceptionniste me la passa.

— *Bonjour. Va au bout de la rue. Tourne dans la rue Jacques-Callot, à l'angle de la rue de Seine.*

— *Oui, bien, merci.*

Je raccrochai.

D'une simplicité enfantine. Je tremblais de joie et d'impatience. Des vers d'une poésie enfantine chantonnaient dans ma tête « La merveille des merveilles et un désir si sauvage ».

Quand je sortis de la cabine téléphonique, mon visage hagard terrifia un passant. J'essayai de me composer une expression. Je portai la main au menton et me souvins n'être ni rasé ni lavé. Qu'étaient cette merveille des merveilles et ce désir sauvage ? Je ressentais quelque chose de cette sauvagerie. Et le désir, le désir !

Je m'appuyai contre un mur, et cherchai dans une rue parallèle une cachette pour la serrer contre moi. Oh, il fallait que je la serre contre moi.

A neuf heures et demie, je l'aperçus, entre les visages rieurs d'une famille. Elle descendit du trottoir et courut vers moi. Je l'entraînai dans la ruelle et la poussai contre le mur. Je me jetai sur elle. Les bras en croix sur la pierre, jambes écartées pour avoir meilleure prise, je me plaquai sur elle aussi fort que possible. Ma bouche et mon visage mordaient et griffaient ses lèvres. Je laissai tomber une main, et, attrapant Anna par les cheveux, je murmurai dans un souffle :

— Il faut que je te prenne.

Elle leva sa jupe, elle ne portait rien en dessous, et, en une seconde, j'étais en elle.

— Je sais, je sais, chuchota-t-elle.

Tout fut terminé en quelques instants. Déjà, j'étais hors d'elle.

Des gens apparurent au coin et se dirigèrent vers l'autre côté de la petite allée. J'eus encore de la chance. Tandis que je la tenais, Anna et moi avions l'air d'amoureux enlacés. A Paris, ce jour-là, je fus pardonné.

Elle lissa les plis de sa jupe. Elle sortit sa petite culotte de son sac et l'enfila, avec un sourire soudain de petite fille.

Je la regardai et m'écriai :

— Oh ! Anna, il fallait que je le fasse, il le fallait !

— Je sais, chuchota-t-elle à nouveau, je sais.

Je pleurai. Soudain je pensais que je ne me rappelais pas avoir pleuré adulte. Cela ne s'était jamais produit.

— Je dois y aller, maintenant, dit-elle.

— Oui, bien sûr. Comment as-tu fait pour t'échapper ? Qu'as-tu raconté ?

— Je t'ai déjà expliqué. Martyn ne pose pas de questions. Je lui ai dit que je voulais me promener. Seule.

Elle sourit.

— Quel pouvoir !

— Oui, je suppose. Mais c'est vous deux qui

êtes venus vers moi. Je ne suis pas allée vous chercher.

— Ah bon ? Tu n'as pas essayé de nous arrêter non plus.

— Parce que j'aurais pu t'arrêter ?

— Non.

— Je dois y aller.

— Je croyais qu'il ne te posait jamais de questions.

— Oui, c'est une sorte de pacte. Un marché même. J'essaie de ne pas en abuser. Au revoir.

— Anna ! Que vas-tu faire aujourd'hui ? Où vastu ? Dis-moi !

— Il faut que je file. Vraiment. Martyn et moi, nous rentrons lundi soir. Ne reste pas à Paris. Je sais ce que tu vas faire. Tu vas nous suivre. Rentre. Je t'en prie.

— Oui, mais dis-moi.

— Pourquoi ?

— Je pourrai penser à toi et savoir où tu es.

— Et avec qui je suis.

— Non, pas encore. Je n'y ai pas encore pensé. Je ne vois rien d'autre que toi.

— J'ai l'impression que tu n'as jamais vu grand-chose. Jamais.

Elle se tourna et s'éloigna. Elle ne regarda pas en arrière. Je me laissai glisser sur le trottoir comme un clochard ivre. Je m'accroupis, tête dans les mains. A chaque extrémité du passage, je voyais défiler élégamment l'autre Paris, qui avait perdu sa douceur matinale.

Notre santé mentale dépend essentiellement

d'une étroitesse de vision… de la faculté de choisir les éléments indispensables à la survie tout en ignorant les grandes vérités. Ainsi, l'individu traverse sa vie quotidienne sans se soucier de n'avoir aucune garantie de lendemain. Il se cache à lui-même que sa vie est une expérience unique qui se terminera dans la tombe ; qu'à chaque seconde il vit un instant aussi unique que sa naissance ou sa mort. Cet aveuglement lui permet un modèle de vie auquel s'accrocher, et rares sont ceux qui survivent en transgressant ce modèle. A juste titre. Les lois de la vie et de la société perdraient toute valeur, si les hommes se penchaient perpétuellement sur la réalité de leur propre mort.

Ainsi, dans ce grand moment de ma vie, ma vision se limitait à Anna. Ma vie qui avait été, comme elle l'avait dit, un étrange aveuglement, nécessitait maintenant l'oblitération impitoyable de Martyn, Ingrid et Sally. Ils n'étaient plus que des ombres.

La réalité de Martyn s'était brusquement évanouie. Ce n'était plus qu'une silhouette sur une toile, sur laquelle on avait peint un autre personnage.

16.

J'ai toujours un sac de voyage tout prêt, avec chemises, sous-vêtements, chaussettes, cravates et nécessaire de toilette.

Mon métier, qui exige de fréquents départs soudains, fait de ce sac « d'urgence » une obligation. Moi qui l'avais oublié pendant le voyage et les quelques minutes passées avec Anna, je le ramassai dans le caniveau. Dans des toilettes pour hommes, je réparai mon apparence extérieure.

Devant le miroir, mon visage mal rasé et mes yeux cernés me semblèrent parfaitement dans le ton. Enfin quelqu'un que je reconnaissais. J'en éprouvai une grande joie. En me rasant, je sentis que mon masque me collait moins à la peau. J'étais certain qu'un jour, très bientôt, il tomberait complètement. Mais pas tout de suite.

J'appelai l'hôtel.

— *Mme Barton, s'il vous plaît, je pense que c'est chambre…*

— *Ah, chambre dix. Mme Barton n'est pas là. Elle est partie.*

— *Pour la journée ?*

— *Non, elle a quitté l'hôtel.*

Je m'en étais douté.

Elle avait dû partir aussitôt. Anna, femme d'action. Je souris. J'allai dans une librairie et attendis une heure exactement. Je rappelai l'hôtel.

— *Oui, L'Hôtel, la réception...*

— *Do you speak english ?*

— *Yes, certainly.*

— *J'aimerais réserver une chambre. Il vous en reste ?*

— *Pour combien de temps ?*

— *Je suis obligé de rester à Paris pour une nuit.*

— *Oui, il nous reste des chambres libres.*

— *Parfait. J'ai des souvenirs sentimentaux attachés à votre hôtel. Est-ce que la chambre dix serait libre, par hasard ?*

— *Oui.*

— *Fantastique. J'arrive après le déjeuner.*

Je donnai mon nom, des précisions sur mon mode de règlement, et raccrochai.

La volonté, la volonté. Je me souvenais du vieux credo de mon père. J'étais triomphant. Je repensais au voyage de la nuit et à ma rencontre avec Anna. Je m'étais lancé dans une entreprise dangereuse. Et j'avais gagné. J'avais la volonté. La chance aussi. C'était ce que Napoléon exigeait avant tout de ses généraux, avoir de la chance.

J'avais enfin de la chance.

Soudain, je me sentis affamé, débordant de faim et de sensualité. Je réservai chez Laurent, et, après avoir été conduit à une table isolée donnant sur le jardin, je passai ma commande. « *Millefeuille de saumon,* suivi d'un... *poulet façon maison.* » Je commandai une bouteille de meursault. Je mangeai dans une sorte d'extase. Le vin avait la couleur et le goût de l'or liquide. Le feuilleté semblait exploser doucement dans ma bouche, tandis que le saumon jaillissait de ses entrailles. C'était comme si je mangeais pour la première fois. J'étais content d'être seul. J'avais besoin de temps et d'éloignement pour pouvoir me perdre dans les souvenirs de la matinée.

De minces filets de poulet miel dans une sauce ambrée ; une salade vert pâle étincelante ; un fromage ivoire, le rouge profond du porto, des couleurs intenses, des tons subtils. Je plongeais avec délices dans le monde des sens. Un corps qui pouvait se déployer totalement pour emprisonner, libérer, retenir ou dévorer sa proie, pouvait aussi manger comme il se devait.

Ecœuré de plaisir, j'entrai dans la chambre que Martyn et Anna avaient libérée si soudainement le matin même.

On m'avait silencieusement accompagné dans l'escalier aux courbes étranges, où des paliers circulaires et des chambres secrètes s'élevaient vers un splendide dôme.

Je n'avais aucun souvenir sentimental attaché à l'hôtel. J'en avais entendu parler, bien sûr. Mais la chambre, d'une sensualité lourde, me choqua. Anna avait choisi une chambre pour des amants. Des rideaux de brocart bleu et or, un récamier de velours carmin, de sombres miroirs dorés, une salle de bains ronde, minuscule, aveugle.

Anna avait choisi cet hôtel pour Martyn et elle. Je fermai la porte et la verrouillai.

Le désir et la rage s'engouffraient en moi. J'étais sur leur lit. A présent, dans sa perfection cristalline, la chambre refusait tout autre occupant que moi. Le récamier m'obsédait. Là, peut-être, pensais-je. Là, peut-être. Elle n'aime pas les lits. Non. Non, c'est toi qui n'aimes pas les lits. Tu ne la connais pas. Elle satisfait tes besoins, c'est tout. Quand lui as-tu réellement parlé, imbécile ? Jetant mes vêtements sur le sol et les fauteuils, je me dénudai. Dans un accès de rage, je m'allongeai sur le récamier de velours carmin et, lentement, méthodiquement, et sans grand plaisir, j'envoyai des jets de sperme sur sa beauté rouge sang.

Puis, tandis que cette étrange journée de gloire et de défaite touchait à sa fin, des ombres du soir jaillit Paris la magnifique. Puissante et implacable, sa majesté semblait accentuer ma fragilité et ma faiblesse.

Animal lourdaud, à quatre pattes, je m'extirpai de mon monde de velours et tombai sur le lit. Dans une chute aux couleurs de rêve, le vert de la robe d'Anna, l'éclair de noir de sa petite culotte, l'or liquide du vin, et les pastels lumineux du mille-feuille et du saumon, le rouge sang violent du récamier et la sombre noirceur du brocart bleu, le jour s'évanouissait. Et avec lui, l'homme que j'avais été. Il me semblait, en m'enfonçant plus profond dans ce kaléidoscope des couleurs du jour, me fondre dans la nuit parisienne, ombre noire, ou fantôme.

Je, fermai les yeux. Une terreur enfantine me revint. Quand on tombe en rêve, on meurt. Si on touche le sol.

17.

Il fallut un moment avant que le standard de l'hôtel me passe Hartley.

— Allô ? Comment allez-vous, Edward ?

— A merveille, mon cher. C'est un tel plaisir d'avoir Ingrid et Sally avec nous. Elles ne viennent pas assez souvent. Vous non plus, d'ailleurs.

— Je sais, je sais. Ça me manque.

— Oui, vous êtes très occupé. Jonathan, le nouvel ami de Sally, est là lui aussi. C'est le fils de Nick Robinson. Le seul travailliste que je supporte.

C'était peut-être parce que Nick Robinson était l'un des rares travaillistes doté d'une éducation universitaire de qualité, et d'un héritage terrien indiscutable.

— J'ai connu la mère de Nick, vous savez. Je n'ai jamais compris que le fils de Jesse Robinson ait pu devenir député travailliste. Vous voulez sans doute parler à Ingrid ?

— Oui, si elle est dans les parages.

— Elle est au jardin, ne quittez pas.

— Bonjour mon chéri. Alors, Bruxelles ?

— Atroce. En fait, j'ai dû me précipiter à Paris pour une réunion ce matin. Je reprends l'avion ce soir.

— Tu n'auras pas le temps de voir Martyn et Anna, alors ?

— Non. J'ai songé les inviter à dîner dans un grand restaurant, mais je n'ai pas le temps. Je ne vais pas les ennuyer.

— Tu as sans doute raison. Un week-end à Paris, c'est pour les amoureux, je suppose. Les pères ne sont pas les compagnons rêvés pour de jeunes amants.

— Non, sans doute.

— Dommage. Cela me plairait de voir Martyn amoureux. Si seulement ce n'était pas d'Anna. Bon, n'en parlons plus.

— Tu t'amuses bien, là-bas ? Il fait beau ?

— C'est fantastique. A chaque fois que je reviens à Hartley, je l'aime un peu plus. J'ai beaucoup pensé à maman aujourd'hui. En me promenant avec Sally, je me suis souvenu de nos promenades d'autrefois. En fait, nous n'avions jamais été très proches, mais hier elle me manquait énormément. J'aurais aimé que tu sois là.

— Moi aussi.

— Vraiment ?

— Mais oui, bien sûr.

— Jonathan est un jeune homme charmant.

— C'est ce que dit Edward.

— Bon voyage alors, tu voudrais que je rentre plus tôt que prévu ?

— Non, surtout pas. Profite de ces quelques jours à Hartley. Je t'appelle demain.

— Au revoir, chéri.

— Au revoir.

C'est affreusement facile, pensais-je. C'était un peu risqué de lui annoncer que j'étais à Paris, j'aurais facilement pu le cacher. Ma nouvelle et étrange apparence s'endurcissait de jour en jour. Le menteur éhonté, l'amant bestial, le traître ne me permettraient aucun retour en arrière. Mon chemin était tracé. Je savais que je me ruais tête la première vers la destruction. Mais j'étais sûr de pouvoir contrôler et planifier chaque pas en chemin, avec un mélange de joie contenue et de froide duperie qui commençait à m'enivrer. Je ne ressentais pas une once de pitié pour qui que ce soit. Là résidait ma force.

Je pris un bain et me changeai. Je frottai la mosaïque de sperme sur le récamier. Après avoir réglé la note, je partis pour Charles-de-Gaulle. Que dire si je tombais sur Anna et Martyn ? On pouvait faire confiance à Anna pour ne pas se trahir. Donnerais-je une interprétation aussi parfaite ? Me mépriserait-elle si j'échouais ? Mon gage d'amour était une guirlande de mensonges, pensais-je. Elle m'avait couronné de mensonges depuis notre première rencontre. Mais au centre de la couronne, tel un diamant, repose la seule vérité qui compte pour moi... Anna.

La chance resta de mon côté, me donnant le champ libre. Avec une aisance presque trop facile, je quittai Paris dans un triomphe de dégradation morale.

18.

— Votre fils en ligne, monsieur.

— Je le prends.

— Bonjour, papa. Excuse-moi de te déranger.

— Comment vas-tu, Martyn ?

— Bien, merci. Nous rentrons juste de Paris.

— Ça s'est bien passé ?

— Euh, oui. Anna n'était pas très en forme, nous sommes rentrés plus tôt que prévu.

— Pas très en forme ?

— Des douleurs d'estomac, des migraines. Elle est allée voir son ancien médecin. Et nous sommes rentrés.

— Et maintenant, comment va-t-elle ?

— Oh, elle est tout à fait remise. Merci de t'en inquiéter. J'apprécie beaucoup que tu te montres aussi... soucieux pour elle. Maman ne l'aime pas beaucoup.

— Oh, je suis sûr que si. Anna est une fille intelligente et intéressante.

— C'est justement ce qui ne plaît pas à maman.

Elle préférerait sans doute me voir avec une autre Sally. Vingt-deux ans, très british, etc.

— Ce n'est guère flatteur pour ta sœur.

— Oh ! papa, j'adore Sally. Tu sais bien ce que je veux dire.

— Oui, je comprends.

— Je sais que tu es très occupé, mais je voulais te dire qu'on vient de me proposer un poste au *Sunday*... (Il cita l'un des plus grands hebdos du pays.) Je serai chef de la rubrique politique.

— Je suis très impressionné. Félicitations.

— J'aimerais vous inviter à dîner quelque part, toi et maman. Pour fêter l'événement. Jeudi, c'est possible ?

J'hésitai.

— Euh, oui, sans doute. Il faudra peut-être que je parte assez tôt, pour retourner à la Chambre.

— Ça ne fait rien. Alors, jeudi, chez Luigi. J'ai invité Sally aussi. Et son nouveau petit ami. Tu vois bien, les sentiments fraternels sont toujours aussi forts !

Il raccrocha en riant.

— Alistair Stratton en ligne, monsieur.

— Faites-le patienter un instant, s'il vous plaît, Jane.

J'avais besoin de me remettre. Pas seulement d'avoir parlé à Martyn. La teneur de la conversation m'avait perturbé. Je n'étais pas le seul à changer. Martyn, l'homme, émergeait plus fortement.

— Passez-moi Alistair, dis-je en soupirant.

La journée m'emprisonna derrière ses barreaux

de coups de téléphone et de réunions, de courrier à lire, à rédiger, de décisions à prendre, de promesses à ne pas tenir. Et, sous cette structure, naissait une inquiétude de plus en plus forte, et une soudaine et redoutable peur de Martyn.

19.

Notre entrée groupée au restaurant fut fort impressionnante.

Edward nous avait rejoints. En costume bleu sombre, il avait l'air d'un homme dont la présence illumine toute réunion.

Ingrid était en tons subtils de gris, discrète, élégante, certaine d'être, comme d'habitude, parfaitement vêtue.

Sally se cantonnait dans un genre très convenable. Elle mettrait toujours en échec les efforts de sa mère qui aurait voulu changer son charme naturel d'« English Rose » en quelque chose de plus raffiné. Quand une fille ne jure que par Laura Ashley, c'est un point final à tous les efforts de sa mère l'encourageant à plus d'élégance. J'avais souvent été témoin de leurs conflits d'adolescence. Je voyais avec plaisir que Sally avait gardé sa loyauté vestimentaire.

Son ami, blond, à l'élégance décontractée, suivait la tradition du complet veston, tout en la tournant en dérision grâce à un motif en zig-zag gris et noir.

Lentement, attentivement, pour éviter de concentrer mes regards sur Anna et Martyn, j'observais chaque personne. Il était possible d'être près d'Anna et de ne pas la voir. Possible de recevoir un baiser furtif sur la joue, toujours sans la voir.

Martyn se chargea du plan de table. J'étais à la droite d'Anna. « On défait les couples ce soir », dit-il en riant. Sally était à ma gauche, près de Martyn et d'Ingrid, puis venaient l'ami de Sally et Edward. Je lançai un regard oblique à Anna qui semblait porter une tenue bleu sombre. Cela faisait paraître ses cheveux encore plus noirs. Un vers d'une vieille chanson me revenait : « Une fille sombre, vêtue de bleu. »

Nous passâmes la commande. En silence, les invités étudièrent soigneusement les prix avant de prendre leur décision.

— Bon, voilà qui est fait, dit Edward. C'est un grand plaisir pour moi d'avoir été invité, Martyn. Et félicitations pour ta promotion.

Nous portâmes un toast à Martyn.

— Anna, vous êtes journaliste, vous aussi ?

— Oui.

— Vous et Martyn, vous êtes donc connus par le travail ?

— Oui.

— Charmant, dit Edward en la regardant posément.

Il avait une sorte de « n'essayez pas de me la faire, ma belle » dans les yeux.

— Vous aimez votre métier ?

— Oui, beaucoup.

— Pourquoi ?

— Cela me convient, dit Anna.

— En quelle façon ?

— On dirait l'inquisition, grand-père !

— Oh, excusez-moi, ai-je été impoli ?

— Pas le moins du monde, dit Martyn. Anna est une excellente journaliste.

— Toi aussi, de toute évidence. Tu penses que ça va durer toute ta vie, ton travail ?

— Oui. J'aime le monde de la presse. C'est très stimulant, la course aux délais, voir mes articles dans le journal.

— Et espérer que les gens vont les lire, ajouta Sally.

— Les gens les lisent, Sally. Je sais parfaitement où je vais, dit-il tout en regardant Anna.

Je dus détourner les yeux instantanément. Pendant une seconde, j'avais lu la passion dans le regard de mon fils.

— Père, Martyn a toujours été certain de vouloir faire du journalisme.

— Oui, mais les gens peuvent changer de voie tardivement, n'est-ce pas ? dit Edward en me regardant.

— Vous voulez parler de politique ? dit Martyn. Oh ! grands dieux ! non, je n'ai pas envie de faire de politique. Cela ne me conviendrait pas du tout, grand-père. Je vous laisse ça, à vous et à papa.

— Mais si, cela t'irait très bien. Tu es éloquent, beau et, oui, intelligent.

— Et pas du tout intéressé, répondit Martyn avec emphase. J'ai envie d'une liberté qu'on ne trouve pas dans la vie politique, toujours sous la coupe de la ligne du parti.

— Oui, mais la ligne du propriétaire du journal ?

— Si l'on relate objectivement un événement, on ne court pas grand risque, normalement. Ce n'est que pour les sujets délicats que la ligne du propriétaire entre en jeu, dit Martyn.

— Qu'en pensez-vous, Anna ? demanda soudain l'ami de Sally.

— Oh, je ne suis qu'un observateur. Je regarde attentivement. J'écris la vérité, telle que je la vois. Cela me procure beaucoup de plaisir.

— L'observation, c'est la grande force d'Anna, dit Martyn. Rien ne lui échappe... jamais. Je ne connais personne qui soit d'une telle exactitude.

Je sentis qu'Anna baissait la tête. Je regardai Ingrid et vit ses yeux se rétrécir. Puis, une expression de résignation s'imprima sur son visage. Nos yeux se croisèrent. « Elle nous a pris notre fils », semblait dire son regard. Bien plus que ça, pensai-je, bien plus que ça.

— Et vous, jeune homme, si nous vous passions à la question ? Que fait le fils de Nick Robinson à la télévision ? Que manigance cette génération d'esclaves des médias ? Nous avons eu les journaux et les délices de la position de l'observateur. Ecoutons le point de vue de la télévision. Qu'est-ce qui vous y attire ?

— Le pouvoir, à terme, j'espère.

— Le pouvoir ! Eh bien, ça c'est quelque chose que je peux comprendre. Et comment allez-vous obtenir le pouvoir, jeune homme ?

— L'information... peut changer le monde. Je ne pense pas que les politiciens... euh, je voulais dire... (Il trébuchait dans un champ de mines d'insultes potentielles.) Je les crois incapables de changer le mode de pensée des gens, ou la face du monde. A la télévision, c'est possible, c'est ce qui se passe, d'ailleurs. A terme je veux vraiment... Je veux vraiment faire des magazines d'information.. sur les problèmes sociaux qui...

— Qui appartenaient autrefois au domaine des artistes. Changer la vie et l'âme... grâce à l'art.

Tout le monde me regarda, sauf Anna, qui, je le sentis, ne bougea pas.

— Dieu, que nous sommes sérieux, dit Sally. L'art, la politique, les médias. Je croyais qu'on fêtait le succès de Martyn.

Edward se mit à rire.

— J'ai été tellement heureux de vous mettre le pied à l'étrier, à vous, les jeunes. J'aimerais que vous veniez à Hartley pour le week-end du 20... pour mon anniversaire. Rien que la famille et la future famille, dit Edward en souriant à Anna et Jonathan.

— Ce serait merveilleux. Tu pourras venir, chéri ? demanda Ingrid.

— Peut-être. Il faut que je vérifie.

— Anna ?

— Je pense que oui. Merci.

Sally et Jonathan acceptèrent. La pensée d'un week-end avec Anna et Martyn à Hartley ouvrait un monde de terreurs, de possibilités, et de joies.

Le repas s'écoula lentement pour aboutir aux plaisanteries amicales de la fin de soirée. J'avais survécu près de trois heures sans qu'un seul murmure nous trahisse, moi ou Anna.

Peut-être le diable était-il derrière moi et me guidait-il judicieusement au royaume du mal.

20.

— Je me sentais très fière ce soir. Comblée. J'ai ressenti le pouvoir d'être mère. « Contemple mon œuvre, oh, Dieu tout-puissant », soupira Ingrid.

Nous étions dans la voiture. La soirée s'était terminée civilement, Martyn insistant en gentleman pour prendre l'addition sous le regard approbateur et admiratif de son père et de son grand-père.

— Et toi, tu t'es vu en *pater familias* ?

— Hum hum.

— C'est très agréable, non ?

— Très.

— Nous sommes des gens paisibles, toi et moi. Nous nous convenons bien. J'étais très heureuse ce soir. Tu me rends très heureuse. Est-ce que je te le dis assez souvent ? Peut-être pas. Mais j'espère que tu le sais. Je ne vois guère de couples heureux. Je suis très reconnaissante pour le mien… et pour toi.

Je souris.

— Cela fait longtemps. Toi et moi, dis-je.

— Oui. Deux charmants enfants. Un mariage

heureux. C'est presque trop beau pour être vrai. Mais c'est vrai. C'est tangiblement vrai. C'est ce que j'ai aimé ce soir, en sentir la matérialité. J'avais presque l'impression de pouvoir le toucher du doigt. Le bonheur. Le bon bonheur.

— Parce qu'il y a un bon bonheur ?

— Oui, je crois. Je l'ai toujours pensé. J'ai toujours su ce que je voulais. Un mari, des enfants, la paix, le progrès. Je suis très fière de ta carrière, tu sais. Oui, très fière. Je ne suis pas ambitieuse pour moi-même... J'ai toujours été riche. Mais je fais ma part, n'est-ce pas ? Le collège électoral, les œuvres de charité, les dîners. Est-ce que je remplis bien mon rôle public ? dit-elle en riant.

— A merveille. Comme toujours.

— Alors voilà. C'est un très bon moment dans notre vie. Je crois que l'avenir, ton avenir, notre avenir, risque d'être très intéressant. A Hartley, papa m'a dit tout le bien qu'il pensait de toi. Il dit qu'on te considère comme « un homme qui monte ». Pourtant, je me disais que tu étais déjà parfait. Tu es fantastique à la télévision. Correct, intelligent, avec une femme merveilleuse, dit-elle en riant, et deux enfants absolument charmants. Parfait. Tout est parfait. Sauf Anna. Elle est vraiment très étrange, tu ne trouves pas ? demanda Ingrid, soudain inquiète.

— Pourquoi ?

— J'aime les gens calmes, je n'aime pas du tout les gens trop amicaux, trop avenants... comme cette Rebecca qu'il nous a amenée un temps. Mais le silence d'Anna est plus mystérieux. Elle en est presque sinistre. Enfin, que savons-nous d'elle ? Elle a rencontré Martyn par le travail. Elle a trente-trois ans, et elle est très riche. C'est grotesque. Qu'a-t-elle fait pendant toutes ces années avant de rencontrer Martyn, par exemple ?

— Je ne sais pas.

Je regardais attentivement dans le rétroviseur. Je ne me laisserais pas piéger. Pas de « comment le sais-tu ? » dans cet interrogatoire virtuel.

— Tu vois ! Nous ne savons rien. Elle va peut-être devenir notre belle-fille, et nous ne savons rien d'elle.

J'inspirai profondément. Doucement, maintenant, me dis-je, doucement.

— Martyn a eu tellement de petites amies, Ingrid. Anna n'est qu'une de plus. C'est peut-être un peu plus sérieux, mais le mariage ? Non, je n'y crois pas.

— Eh bien, tu te trompes complètement, j'en ai bien peur. L'autre jour, il a parlé de la vente qu'on lui avait faite. Il disposera de son capital à son mariage. Et n'oublie pas, cela lui donne confiance en lui d'avoir été promu dans un grand journal national. Tu ne vois pas qu'il pense sérieusement à l'avenir ? Dieu sait qu'on ne peut pas empêcher un homme amoureux d'obtenir ce qu'il veut. Si Anna veut bien de lui, elle deviendra sa femme. Et je suis sûre qu'il veut d'elle. Je crois qu'en tant que parents nous devrions au moins essayer de la connaître un peu mieux. Et d'en apprendre un peu plus sur son passé. As-tu posé des questions à Martyn ? Moi, j'ai essayé. C'est difficile. Il dit qu'il sait tout ce qu'il a besoin de savoir. Mais il m'a donné quelques renseignements sur ses parents. Ce sont des gens fort respectables d'après lui. Le père est diplomate. Les parents ont divorcé et sa mère s'est remariée. Avec un écrivain américain, il me semble. Son père aussi a refait sa vie.

— Ça n'a pas l'air si dramatique que ça.

— Non, mais il y a autre chose, j'en suis sûre. Anne a-t-elle déjà été mariée, par exemple ?

— C'est extraordinaire ! Cela ne m'avait pas effleuré l'esprit.

— Tu n'as pas l'air d'y penser beaucoup, je me trompe ?

— Non, je ne crois pas.

Je respirais lentement, de manière étudiée.

— Ah, les hommes ! Eh bien, penses-y. Elle a trente-trois ans, c'est parfaitement plausible. En fait, le contraire serait surprenant. Elle a peut-être des enfants. Comment savoir, de nos jours ? Pense à Béatrice, ses enfants vivent avec leur père en Italie.

— Je suis sûr qu'elle n'a pas d'enfants, répondit le médecin en moi.

— Comment ? Tu ne sais rien d'elle, et tu es sûr qu'elle n'a pas d'enfants ?

— Oh, je ne sais pas, c'est une forte impression. Allez, rentrons prendre un dernier verre à la maison.

En allant vers notre chambre, Ingrid me prit par la taille.

— Excuse-moi, je n'aurais pas dû laisser Anna gâcher la soirée. T'ai-je dit que tu avais l'air très impressionnant, ce soir ? (Elle m'embrassa.) Je t'aime, murmura-t-elle. Allez, chéri, viens te coucher. Je connais ce regard. Il me plaît beaucoup.

Nous nous sommes donc couchés. Un homme dont le regard dupait ainsi sa femme après plus de trente ans, et une femme qui se laissait ainsi duper après plus de trente ans.

Nos mouvements bien rodés furent aussi agréables que le souvenir d'une chanson d'antan. Mais même en m'abandonnant à ces soubresauts qui sont tout et rien, je savais que c'était la défaite finale pour Ingrid dans un combat qu'elle ne savait pas mener. Et un triomphe pour Anna qui ne s'était pas battue.

« Je ne pourrais jamais plus le refaire, et je ne le referai jamais », telle fut ma dernière pensée, tandis qu'Ingrid s'endormait rêveusement dans mes bras.

21.

— Allô, papa ?

C'était Martyn.

— Martyn. Merci pour hier soir, et encore félicitations.

— Oh, merci. Tu étais bien silencieux. Tu travailles trop ! Je sais que tu diriges une commission. Je crois que c'est bientôt la grande époque des recommandations.

— Comment le sais-tu ?

— Ah ah, je ne peux pas révéler mes sources !

— Je crois que je ferais bien de me méfier. Même les sourires entendus sont hors de question à présent.

— Tout à fait. Journaliste d'abord, fils ensuite. (Il rit.) Oh oui, je trahirais tous tes secrets pour le plaisir d'un scoop !

— Ah, ah, je suis prévenu, dis-je, entrant dans le jeu.

— Papa, je voulais te poser une question sur ma vente.

— Oui ?

— Est-ce que je peux en parler à Charles Longton ? Et à David, c'est l'autre tuteur, je crois ?

Il parlait d'un cousin d'Ingrid.

— Oui, pourquoi veux-tu leur parler ?

Il y eut une longue pause.

— Je... Oh, je ne sais pas. Des projets, tu comprends ? Il est temps que j'examine ma situation financière. Sérieusement. Tu ne penses pas ?

— Oui, tu sais que tu ne toucheras pas le capital avant ton mariage ?

Je parlais lentement, regardant par la fenêtre sans rien voir.

— Oui, je sais. Je voudrais quand même leur en parler. Je tenais simplement à ce que toi et Edward soyez au courant. Je ne voulais rien faire derrière votre dos.

— Oui, oui, bien sûr. Cela ne me dérange pas. Vas-y.

La conversation était terminée. Aucune allusion à Anna. Martyn prendrait sa décision seul. Sans consulter personne. Comme il se devait. Et ses projets étaient très clairs. Il la demanderait en mariage. Elle refuserait, bien sûr. Et ensuite ? Comment réagirait-il ?

Et Anna et moi ? Nous ne parlions jamais d'avenir. Nous ne parlions pas même du présent.

22.

— Anna ?
— Entre.
— Tu as eu du mal à te libérer ?
— Non. Tu veux boire quelque chose ?
— Du vin rouge.

Nous étions dans la maison d'Anna. Elle était assise en face de moi. Elle reposa son verre sur une table basse, lentement, en faisant attention à ses gestes.

— Tu vas entamer une discussion que je préférerais ne pas avoir. Alors, il vaudrait mieux que tu termines ton verre et qu'on se quitte pour aujourd'hui.

— Non.

Le ton de ma voix dut lui faire comprendre qu'elle devait m'écouter.

— D'accord.

— Je veux être sûr que tu feras toujours partie de ma vie. Je dois savoir.

— Pourquoi ?

— Parce que je veux être sûr de pouvoir te

regarder, t'écouter, te respirer, être en toi. Il faut que je sache. Je ne peux pas recommencer à être... presque mort. C'est impossible. C'était comme ça avant. Il n'y aura pas d'« après Anna » dans ma vie.

— Parce que tu n'arrives pas à l'envisager. Mais c'est parfaitement possible. Il y a une vie après...

— Je n'en veux pas. Cela ne se produira pas.

Je me levai et me plaçai devant elle. Peut-être mes mouvements étaient-ils menaçants, car un silence tendu s'installa entre nous. Je m'éloignai.

— Martyn va sans doute te demander en mariage.

— Ah bon ?

— Ce sera triste pour lui. Mais cela mettra fin à une situation affreuse.

— Qu'est-ce qui sera triste pour Martyn ?

Une froideur de marbre, la froideur du grand choc, s'empara de moi. Ses mots semblaient se figer dans l'air. Comme dans un rêve, je l'entendis dire :

— J'aime beaucoup Martyn. Nous passons des moments heureux ensemble. Je peux construire une véritable vie avec lui. Il est bien possible que je l'accepte. Martyn est bien trop intelligent pour être allé aussi loin s'il n'avait pas une petite chance de réussir.

Il y a des mots qu'on n'aurait jamais songé prononcer.

— Tu envisages d'épouser Martyn ?

— Je l'envisage, oui.

— Tu épouserais mon fils ?

Il y a des réponses qu'on n'aurait jamais songé entendre.

— Peut-être. Je t'ai prévenu dès le début. Je t'ai dit de te méfier.

— Les gens blessés sont dangereux. Ils savent qu'ils peuvent survivre.

— Oui, tu t'en souviens. Tu obtiendras toujours tout ce que tu veux de moi. Je veux ce que tu veux. Nous pouvons continuer toute notre vie, ensemble. C'est une question d'organisation. Si j'épouse Martyn, pense à quel point ce sera facile. On pourra se voir tout le temps. Je pourrais m'enrouler autour de toi comme du lierre autour d'un arbre. Je connais mon maître. Dès que je t'ai vu, je me suis rendue.

Sa voix chantait presque tandis qu'elle allait et venait dans la pièce.

— Mais je veux aussi Martyn. Je veux partager sa vie. Martyn est ma normalité. Nous serons comme tous les jeunes couples qui s'installent. C'est bien, c'est normal.

Elle prononçait le mot « normal » comme si c'était une bénédiction.

— C'est ce que je veux. Epouser Martyn. Etre heureuse, pour moi. Cela ne t'enlèvera rien. Au contraire. Tu en auras plus. Oui, plus, toujours plus. Je ne veux pas t'épouser. Oh, je sais, tu n'y as jamais songé. Mais tu y penseras, tu y penseras. Tu souffriras le martyre à cause d'Ingrid. Tu feras des projets. Ecoute-moi. Martyn ne te le pardonnerait jamais, jamais. Il serait définitivement perdu pour toi. Sally serait horriblement blessée. Tu serais l'objet d'un terrible scandale. Ce serait ta perte. Et pour quoi ? Pour que nous puissions avoir une vie de famille ? Ce serait idiot. Nous ne sommes pas faits pour ça. Nous sommes faits pour ce que nous avons. La satisfaction totale de nos besoins réciproques.

— Anna, tu dois être folle. Cela expliquerait tout. Oh, mon Dieu…

— Je suis parfaitement sensée.

— Quand as-tu réfléchi à tout ça ?

— Je n'y ai pas réfléchi de sang-froid, comme tu dis. Les choses arrivent. J'ai rencontré Martyn, nous avons eu une aventure. C'est devenu plus important qu'aucun des deux ne l'imaginait. Et toi, tu as pris un tournant secret dans ta vie, et j'étais là. Je n'ai eu aucun contrôle sur les événements. Je ne savais pas que je rencontrerais Martyn. Je ne savais pas que j'allais te rencontrer. Mais j'ai toujours reconnu les forces qui organisaient ma vie. Je les laisse faire leur travail. Parfois, elles déchirent tout, comme un ouragan. Parfois, elles font simplement basculer le sol en dessous de moi ; je me tiens sur un sol différent, et quelque chose ou quelqu'un a été englouti. Je cherche mon équilibre dans le tremblement de terre. Je m'allonge et je laisse l'ouragan passer au-dessus de moi. Après, je regarde autour de moi et je me dis : « Alors, voilà ce qui me reste. Et cet être cher a survécu, lui aussi. » J'inscris calmement sur les tablettes de pierre de mon cœur le nom de celui qui a disparu pour toujours. L'inscription est la cicatrice de la souffrance. Et je me remets en chemin. En ce moment, toi et Martyn, Ingrid et Sally, vous êtes au cœur d'un ouragan que je n'ai pas provoqué. Quel est mon pouvoir, ma responsabilité ?

— Tu parlais de te rendre, d'avoir un maître.

— C'est parce que je me rends que tu es mon maître. Tu dois l'accepter. Si tu te défends, si tu essaies de déplacer les pièces sur l'échiquier, ou d'établir un scénario qui te paraîtrait plus acceptable, tu serais perdu. Maintenant, agenouille-toi devant moi, et je serai ton esclave.

C'est donc ce que je fis dans la pièce où je m'étais pour la première fois allongé sur elle. Est-ce important la manière dont je la pris ? Par quelle entrée ? Avec ma langue, ma main ou mon sexe ? Etait-elle debout ou allongée ? Avait-elle le dos tourné ou le dos au mur ? Ses mains étaient-elles libres ou liées ? Voyait-elle mon visage ?

Les récits d'extase sont d'interminables récits d'échecs. Car toujours vient la séparation. Et le voyage vers l'essentiel, l'éphémère unité, reprend son cours.

Ensuite, je partis, maître impuissant. Anna était allongée sur la table, dans une position étrange et maladroite, silencieuse, luisante, immobile.

Je n'ai aucun sens des lieux. Une fois seulement, à L'Hôtel, à Paris, les formes et les couleurs qui rendent une pièce agréable sont parvenues à ma conscience.

Cet après-midi-là, pourtant, quand je fermai la porte, la pièce sembla se peindre sur l'œil de mon esprit. Un sombre tourbillon de verts riches se détachait sur le beige pâle des murs. Le velours effleurait la vitre de la fenêtre qui donnait sur un petit jardin clos. Le parquet de bois reflétait des beiges plus sombres, des bruns plus clairs qui étincelaient dans les espaces vides de meubles.

Fauteuils et sofas, tapissés de vieux brocart, suggéraient tous les tons de l'automne et non une couleur particulière. Les coussins des chaises à dos droit, tombées à terre quand nous nous étions débattus dans la froide obscurité de la table où Anna était allongée à présent, offraient les mêmes tons de vert que les rideaux. Sur les murs, dans la demi-obscurité, les immenses visages d'un homme, d'une femme et d'un enfant se regardaient et nous contemplaient avec une malveillance qui ne pouvait que provenir d'un coup de pinceau intentionnel. Des étagères, ne contenant que des livres reliés et quelques premières éditions, encadraient la cheminée dépourvue de tout ornement.

Je pourrais regarder cette pièce éternellement, pensai-je, je l'aurais toujours en moi. Jusqu'à ma mort.

Si vous m'aviez vu à la télévision ce soir-là, représentant mon ministre, répondant aux questions avec mon mélange bien rodé d'intelligence et de charme, vous n'auriez jamais deviné que mon œil intérieur regardait ma peinture. Comme si elle renfermait le secret de ma vie.

23.

« Mon Seigneur,

Parfois, nous avons besoin d'une carte du passé. Cela nous aide à comprendre le présent et à programmer l'avenir.

Quand vous êtes parti, vous avez regardé autour de vous, vous m'avez regardée comme si l'on se voyait pour la dernière fois.

J'ai pris un bain, j'ai rangé la chambre et j'ai décidé de rester à la maison et de vous écrire pour expliquer pourquoi je suis si sûre d'avoir raison. Je veux éclaircir ce mystère pour vous.

Je dis peu de choses sur moi, car cela n'a d'importance pour pratiquement personne. Mon passé ne compte peut-être que pour vous, et Martyn.

Excusez-moi, mais je dois parler de lui. A présent, je suis certaine que nous nous marierons.

Vous avez plus besoin que lui de ces explications. Je vous l'ai déjà dit, Martyn est sans crainte dans ses sentiments envers moi. Il accepte, sans savoir pourquoi, bien sûr, qu'une part de moi-même lui reste à jamais fermée. Il supporte disparitions, séparations et silences d'une manière dont vous êtes incapable. Vous le connaissez si mal. Croyez-moi, il est extraordinaire.

Vous pourriez comprendre tous les deux ma petite histoire. Mais vous seul avez besoin de la connaître.

J'ai beaucoup voyagé, enfant. Toujours recommencer dans de nouvelles écoles, avec de nouveaux amis, et des langues inconnues, rapproche les membres d'une famille. Cela devient la seule constante. Nous étions très proches. Ma mère aimait sûrement mon père, à cette époque. Aston et moi étions tout l'un pour l'autre. Nous nous disions tout. Nous partagions nos problèmes mutuels. Nous formions un duo invincible face à toutes les adversités de l'enfance.

Vous ne pouvez pas imaginer ce que signifie un tel lien. Quand il se forme si tôt, on voit toujours le monde à travers des âmes jumelles, quoi qu'il arrive. Tout petits, nous partagions la même chambre. Nous nous endormions au souffle de l'autre, avec les derniers mots de l'autre dans les oreilles. Le matin, nous nous regardions, et, ensemble, nous ouvrions les yeux au jour. Que nous soyons en Egypte, en Argentine ou en Europe n'avait aucune importance. Le monde, c'était Aston et moi.

Aston était beaucoup plus intelligent que moi, scolairement. Oh, je m'en tirais parfaitement, mais lui était brillant.

Mon père, tout à son honneur, a résisté à l'envie de l'envoyer à l'école en Angleterre dès l'âge de sept ans. Pourtant, à l'adolescence, il nous envoya dans un pensionnat anglais.

J'étais dans un établissement tout à fait convenable dans le Sussex. Au début, j'étais très malheureuse sans Aston. Mais je me suis adaptée.

Aston, lui, semblait changer. Il avait toujours été calme, mais il se renfermait de plus en plus sur ses études. Il ne se faisait aucun ami. Il m'adressait des lettres pleines de tristesse.

Je dis à mon père qu'Aston m'inquiétait. Les enseignants, quand mon père les contacta, mirent cette attitude sur le compte d'une difficile période d'adaptation.

Nos premières grandes vacances (nous nous étions manqués à Noël et à Pâques) commencèrent étrangement. Je courus vers Aston, bras et jambes prêts à l'enlacer. Il mit la main sur mon visage et me repoussa en disant :

— Tu m'as trop manqué. Je ne veux pas te regarder. Je ne veux pas te toucher. C'est trop. Demain, je te regarderai.

Et il se réfugia dans sa chambre.

Mon père n'était pas là. Ma mère mit l'absence d'Aston au dîner sur le compte d'une trop grande nervosité.

Quand je suis montée, sa porte était fermée à clé. Je l'ai entendu répondre à maman qui frappait : “ Ça va. Tout va bien. Je voulais simplement me coucher de bonne heure. Ça ira mieux demain matin. ”

Effectivement, le lendemain matin, il semblait aller mieux. Nous avons parlé, joué et ri, comme d'habitude.

Mais, plus tard, dans ma chambre, il me confia ses horribles craintes et me dit qu'il avait peur de ne jamais pouvoir aimer quelqu'un d'autre que moi. J'étais choquée, un peu effrayée même par son ton passionné.

Quand je suis retournée au pensionnat à la fin des vacances, il ne répondit pas à mes lettres. Puis j'ai reçu un petit mot : “ C'est plus facile si tu n'écris pas. ”

Je n'en ai parlé à personne. Qu'aurais-je dit ? Je manque à mon frère... beaucoup trop, mon frère me manque, mais pas trop ? C'était une question de degré. Qui peut juger de ces choses ? Certainement pas une jeune fille.

Je continuai à lui écrire. Il ne répondait toujours pas. A Pâques, il me redonna mes lettres, intactes, et me supplia

— Je t'en prie, c'est plus facile, vraiment plus facile si tu n'écris pas. Tu me manques de plus en plus. Je ne vois pas comment vivre séparé de toi. Mais il le faut. Je n'ai aucun espoir d'autre vie, si ? Tu changes. A l'école, les garçons parlent toujours de filles... de filles comme toi. Un jour, il y en a un qui t'emmènera loin de moi. Pour toujours.

— Mais, Aston, un jour, nous aurons des petits amis et des petites amies. Nous grandirons et nous nous marierons. Nous aurons nos propres enfants

Il me regarda, éberlué.

— Tu ne comprends pas de quoi je parle ? Je veux passer ma vie avec toi. Quand tu n'es pas là, je survis en m'empêchant de penser à toi un seul instant. Je travaille comme une bête. Tu as entendu papa parler de mon carnet. Je suis premier partout. Je serai toujours premier partout.

Je ne lui écrivis pas le trimestre suivant. Lors de la deuxième semaine il m'envoya une carte disant simplement “ merci ”.

Cet été-là, nous semblions avoir retrouvé notre bonheur d'autrefois. Ma mère cherchait en vain à nous organiser des soirées. Elle invitait les enfants de ses amis. Mais Aston et moi ne nous plaisions que seuls. Nous ressemblions plus à des enfants qu'à des adolescents. Il m'éblouissait avec son savoir sur les héros mythologiques et les dieux grecs. Je l'impressionnais avec mes talents de pianiste.

A la rentrée de septembre, je recommençai à lui écrire.

Il me répondit immédiatement.

“ Je crois que rien au monde n'est aussi terrible que l'amour. J'ai besoin de ton silence. Sinon, c'est insupportable. Aston. ”

Je n'écrivis plus. Un jour, au téléphone, j'ai interrogé ma mère sur Aston. “ Tout ira bien, c'est l'adolescence, ma chérie. Je me souviens bien de la mienne. ”

Ce Noël-là, mon corps avait pris une forme qui n'a pas beaucoup changé depuis. Je me sentais très différente de l'été précédent, plus lourde, plus forte. Je me développais plus rapidement qu'Aston. Il était grand, mais son visage, bien que maigre et anguleux, restait toujours le même.

— Ah, Anna, Anna, comme tu as changé ! furent ses premiers mots.

Il avait les larmes aux yeux. Il s'approcha de moi, lentement, maladroitement, comme s'il était affreusement blessé.

Je commençais à me sentir mal à l'aise avec lui. Je ne savais plus quelle était la conduite à tenir.

La première semaine se passa en regards furtifs, rires nerveux, et conversations mourantes qui n'aboutissaient jamais nulle part.

Ma mère insista pour que nous organisions une fête à Noël. Aston protesta vigoureusement.

— Un bal, comme c'est banal ! On ne peut pas forcer l'amitié. Laisse-nous tranquilles.

Mais elle était déterminée.

— Tu es de plus en plus renfermé. C'est malsain. Tu as besoin d'amis. Pourtant, c'est une période fantastique de la vie. Anna ne cesse de refuser les invitations. C'est ridicule. Et toi, Aston, tu es si peu aimable que l'on ne t'invite jamais. Il est temps que cela cesse. J'organiserai une fête pour Noël. C'est ainsi, pas autrement.

Elle envoya des invitations à tous les enfants de l'âge adéquat de son cercle d'amis. Pas la grande foule, mais suffisamment quand même.

Aston était impossible. Il ne voulut pas s'habiller. Il se montra à peine poli avec les invités.

J'avais une somptueuse robe rose, je m'en souviens. J'ai beaucoup aimé le bal, et toutes les flatteries, les regards, les gestes maladroits des garçons les plus audacieux.

Aston n'arrêtait pas de quitter la soirée. Il passait son temps à apparaître et à disparaître, le regard hanté.

Quand tout a été fini, il est venu dans ma chambre. Il pleurait.

— Je sais que tout va changer, pour toujours. Tu changes, Anna. Nous avons vécu notre dernier été. Je crois que je ne me plais plus beaucoup sur terre.

Il est venu dans mon lit, et nous sommes restés chastement l'un à côté de l'autre.

Mais les jeunes adolescents ne peuvent pas rester chastes très longtemps près d'un corps de femme. Soudain, il était en érection. Un petit mouvement, une caresse furtive, et son sperme était sur mon ventre. Il a pleuré. Ses larmes coulaient sur mes seins. J'avais l'impression d'avoir reçu une étrange bénédiction. Du sperme et des larmes. Pour moi, ce serait toujours le symbole de la nuit.

Le lendemain, nous sommes restés à distance. Il semblait aller un peu mieux. J'avais rendez-vous ce soir-là. Un des garçons du bal m'avait invitée à un dîner dansant.

Avec ma nouvelle vanité et ma nouvelle confiance en moi, je m'étais habillée avec soin en robe blanche au décolleté profond. Aston a ouvert la porte pour moi, en s'inclinant par dérision, à la fois méprisant et furieux.

En rentrant, j'étais encore dans la voiture du garçon devant chez nous, quand il m'a embrassée, sans que je m'y attende. Et il a essayé maladroitement de me caresser les seins. Je n'étais pas inquiète outre mesure. En fait, ma plus grande émotion, c'était le plaisir. En me tournant pour sortir, j'ai vu Aston. Il nous observait d'une fenêtre du haut. Je n'ai jamais oublié son visage à ce moment-là, et, après toutes ces années, je n'ai toujours pas trouvé les mots pour le décrire. Peut-être y a-t-il des expressions que seuls les artistes peuvent traduire.

Il m'a suivie dans ma chambre.

— La prochaine fois, il ira plus loin. Et la fois suivante, encore plus loin. Et un soir, il te baisera. C'est la description parfaite de ce qui va t'arriver.

— Oh, Aston, mon chéri, non, non !

Je criais. C'étaient des mots terribles : “ Il te baisera. ” Aston paraissait presque laid en les prononçant.

Il est sorti. J'ai fermé ma porte à clé. Je ne sais pas pourquoi, mais c'était tout à fait intentionnel. Un peu plus tard, je l'ai entendu tripoter la poignée de la porte. Il a chuchoté, des mots étouffés, comme s'il sanglotait.

— Anna, Anna, excuse-moi. Anna, excuse-moi. Tu t'es enfermée. C'est insupportable ! Ce sera de pire en pire. Je le sais. De pire en pire. C'est forcé. Je suis condamné. Il n'y a plus d'espoir pour moi.

Je n'ai pas ouvert. Je suis restée allongée pour me calmer, pour comprendre ce qui se passait. Et puis, je me suis endormie.

J'ai été réveillée par un bruit horrible. Ce n'était pas exactement un cri. C'était comme si un cri de désespoir s'étouffait, et se libérait à nouveau. Un cri d'animal. Je suis tombée du lit et je me suis précipitée vers la porte. Ma chambre était en face de celle d'Aston, et, comme dans un rêve, j'ai vu mon père qui essayait d'éloigner ma mère de la salle de bain d'Aston. Il se débattait tellement avec son fardeau qu'on aurait dit qu'il traversait la pièce, millimètre par millimètre.

— Anna, n'entre pas. Reste où tu es !

Mais j'ai couru derrière son dos pour aller à la salle de bains. Aston était allongé dans la baignoire qui débordait. Il avait les poignets taillaidés, la gorge tranchée, et de l'eau sanguinolente coulait sur mes pieds. Il ressemblait à une poupée toute pâle, qui n'était pas morte, mais qui n'avait jamais été vivante. J'ai approché un tabouret de la baignoire et je me suis assise, pour lui caresser les cheveux. Mon père est revenu avec le médecin.

Mon père nous regardait en murmurant : “ C'est impossible, c'est impossible, ça ne peut pas être vrai. Impossible..., impossible... ”

Le médecin retira ma main des cheveux d'Aston.

— Allez, Anna, venez avec moi. Descendez, c'est ça, soyez gentille. Restez avec votre mère. Ma femme va arriver, le capitaine Darcy et l'assistant de votre père vont venir aussi. Je vais vous donner un calmant, cela vous fera du bien.

Bientôt une armée de gens silencieux, compétents, calmes, préparaient nos sacs et se déplaçaient dans la maison et dans la nuit. On aurait dit qu'ils avaient une technique pour gérer la terreur. Une technique toute simple : oblitération de la réalité, discipline et silence.

Ma mère et moi fument transférées de notre maison à celle de mon jeune ami. Choqué, effrayé, il se tenait sur le pas de la porte. La jeune fille en robe blanche, dont il avait essayé de découvrir quelques heures auparavant les trésors inconnus de ses seins, tremblait devant lui, un vieil imperméable jeté sur sa chemise de nuit ensanglantée. Puis, l'armée silencieuse reprit les opérations en main et nous guida à l'intérieur.

— Peter, conduis Anna dans la chambre d'Henrietta.

Quelqu'un lui donna un sac. Ma mère recommença à crier. Toute l'attention se tourna vers elle.

Peter m'accompagna dans la chambre d'Henrietta. C'était une chambre rose, avec des froufrous roses partout et des poupées vêtues de rose soigneusement disposées sur le lit. Dans un coin, il y avait une grande girafe rose. Un long miroir me faisait face. J'ai fermé la porte et j'ai tourné la clé dans la serrure. Dans le miroir, j'ai regardé ma silhouette traverser la pièce, tenant le garçon par la main. Je me suis tournée vers lui et j'ai entendu ma voix lui dire : “ Baise-moi. ”

Il n'avait que dix-huit ans à l'époque, mais avec quelle tendresse, quelle douceur, quel amour il a fait ce que je lui avais demandé.

— Je vais prendre un bain, maintenant. Peux-tu rester devant la porte ?

Il obéit. J'ai pris mon bain, plongeant et replongeant dans l'eau, sachant avec une certitude glorieuse et triomphante que je survivrais.

Dans la chambre rose d'enfant, j'enfilai le jean et la chemise que quelqu'un avait préparés pour moi, et je suis descendue, pour entrer dans ma nouvelle vie.

Que dire de l'enterrement ? Ils sont tous pareils, et à chaque fois c'est unique. C'est la dernière séparation, le dernier laisser-faire. Car lequel d'entre nous irait volontairement rejoindre le corps dans son dernier cercueil, terre, feu ou eau ? On aime généralement plus la vie que notre amour le plus sacré. Le savoir, c'est le début de la cruauté et de la survie.

Aston m'avait aimée plus que la vie. Ce fut sa perte.

Au fil des ans, les événements se sont suivis. Je les ai déjà relatés pour certains. Mes parents ont divorcé. Je suis allée à l'université aux Etats-Unis. Ensuite, je suis rentrée en Angleterre pour être journaliste.

Si tout cela vous a été présenté sous un ton aussi neutre, c'est parce qu'on ne peut jamais dire la vérité d'une vie. Je vous envoie un article de journal, avec quelques photographies.

Il n'a fallu qu'une nuit pour raconter mon histoire, et trente-trois ans pour la vivre. Les aspects quotidiens s'évanouissent, les autres s'effacent. Si peu de pages pour la vie d'Aston !

Et dans votre vie, combien pour moi ? La vie extérieure peut être résumée par n'importe quel journaliste en un article ou deux. Et même après des années de recherches, un biographe ne produit qu'un livre qu'on lit en deux ou trois semaines.

Voilà mon histoire, en quelques pages. La carte de mon trajet vers vous. Pas pour m'expliquer. C'est inutile. Mais un peu comme on montrerait une photographie à un être aimé en disant : “ J'étais comme ça à l'époque ” et en souriant à la créature perdue de l'enfance. Ma “ photographie ” illustre des larmes plus que des sourires, mais, de toute façon, la créature est perdue.

L'aube approche. Je suis fatiguée. Les caractères dactylographiés paraissent sombres et froids sur la page blanche...

Anna. »

On me la remit au bureau le lendemain matin. Le « personnel » sur l'enveloppe attira quelques regards furtifs de ma secrétaire.

Anna avait raison. Une carte. C'était tout. Un cadeau jalousement gardé. Je l'avais comprise dès le premier regard.

Je fis une petite promenade, la main dans la poche, touchant la lettre, tout en la relisant mentalement, l'esprit satisfait.

Des pensées perfides m'envahirent. Peut-être cet horrible récit n'était-il destiné qu'à fournir une excuse lui permettant d'épouser Martyn tout en continuant à garder des liens profonds avec moi.

Elle parlait d'organisation. Pourquoi n'examinerais-je pas certains aménagements moi-même ? Divorcer. Epouser Anna. Martyn est jeune. Il s'en remettra. Et Ingrid ? Cela n'avait jamais été la grande passion, et elle avait de la force à revendre. Un large réseau d'amis. Elle survivrait. Sally s'en sortirait bien aussi. Après tout, ce que j'envisageais n'était qu'une cruauté banale. Le seul aspect inhabituel, c'était la relation de Martyn et d'Anna.

Ma carrière en serait entachée, sans aucun doute. Mais elle supporterait l'orage. Je n'étais pas ambitieux au point qu'elle compte beaucoup, si je devais choisir entre la vie publique et Anna.

Mais Anna avait dit qu'elle ne m'épouserait pas. Oh que si, que si, me dis-je. Des images d'Anna et moi, mari et femme — petits déjeuners ensemble, dîners avec des amis, vacances — m'envahissaient l'esprit. Je me sentis mal. Ces images présentaient une hideuse incongruité. Cela ne marcherait pas. Nous étions faits pour autre chose. Pour des besoins qui devaient être satisfaits nuit et jour, pour les désirs soudains, pour un étrange langage du corps. Une voix intérieure criait : « Anna ne t'épousera pas. » Elle avait trouvé une solution limpide. Personne ne souffrirait. Ingrid et moi, Sally, Martyn et Anna, chacun poursuivrait le chemin qu'il avait choisi.

Après tout, j'avais vécu une vie qui n'avait jamais eu de réalité pour moi. Je pouvais sûrement continuer ma représentation maintenant que j'avais eu une vie réelle. Celle qu'Anna m'avait donnée.

24.

— Le beau-père d'Anna est en ville pour quelques jours, pour une conférence d'écrivains. Martyn a proposé un dîner avec lui. Je dois dire que j'ai sauté sur l'occasion. Nous avons fixé jeudi, j'ai vérifié ton emploi du temps avec ton secrétariat. On m'a dit que cela ne poserait pas de problème.

— Bien.

— Tu as déjà lu un de ses livres ?

— Oui, deux en fait.

— Ah, mon intellectuel de mari !

— Pas vraiment.

Je vivais dans un pays où lire deux livres d'un auteur américain me plaçait parmi les intellectuels !

— Il est très connu, mais qu'est-ce qu'il écrit ?

— Il écrit sur l'aliénation. L'aliénation de la bourgeoisie citadine. L'Amérique du XXᵉ siècle, coupée de ses racines, avec toutes ses valeurs traditionnelles qui disparaissent sous le double fardeau de la peur et de l'avidité.

— Eh bien, ça n'a pas l'air très réjouissant.

— Pour être juste, mon analyse est un peu clinique. C'est un excellent auteur. Ses personnages féminins en particulier sont parfaitement dessinés. Même les féministes l'apprécient.

— Depuis combien de temps est-il marié avec la mère d'Anna ?

— Je n'en ai aucune idée.

— Quel âge a-t-il ?

— Il doit avoir la soixantaine. Un peu plus, je crois.

— Alors, il me donnera peut-être un point de vue différent sur Anna. J'attends jeudi avec impatience. Je vais essayer de me lancer dans un de ses livres. Tu crois qu'ils sont dans ton bureau ?

— Possible. Je vérifierai.

Je les retrouvai facilement. *L'Enfant de gloire* et *L'Heure du troc.*

— Quel est le plus facile ? Non, le plus court ?

— Essaie *L'Enfant de gloire.*

— Je ne l'aurai pas fini pour jeudi, mais j'aurai déjà une petite idée, tu ne crois pas ?

— Si, tout à fait. Il a un style très particulier qui marque tous ses livres. Je dois y aller. Tu es splendide en beige. Très chic.

— Merci, chéri. Au revoir.

A présent que mon véritable moi marchait et respirait sous la peau de la créature d'Anna, oh, heureuse créature, il y avait des jours où mon rôle de mari me plaisait plus que jamais. Je ne me sentais pas coupable. Tout irait bien avec Ingrid.

Ce matin-là, j'éprouvais l'incroyable illusion qu'elle savait et qu'elle comprenait. Elle sourit si gaiement quand je partis que j'en étais ivre de soulagement et de joie.

25.

Wilbur Hunter avait de la présence. Wilbur Hunter savait qu'il avait de la présence. Je l'observais regarder Ingrid, avec un mélange de solennité et d'intérêt passionné.

Tout en acceptant un whisky, il dit :

— Vous savez, cela fait longtemps que je n'ai pas vu Anna. Je n'avais jamais rencontré ses amis auparavant. C'est une soirée exceptionnelle.

— Depuis combien de temps n'étiez-vous pas venu à Londres ?

— Oh, cinq ou six ans.

— Vous avez trouvé la ville beaucoup changée ?

— Je ne la laisse pas changer. Elle est figée dans mon cœur telle qu'elle était il y a douze ans, quand j'ai rencontré la mère d'Anna. Je refuse de voir les changements, à Londres comme en elle.

— Quel héroïsme ! dit Ingrid.

— Contrairement à mon image, je suis un vrai romantique. Etes-vous romantique ?

Cette question m'était visiblement destinée. Je perçus quelque chose d'étrange dans son regard.

— Oh, tout à fait, dit Ingrid. D'une manière très subtile, mais je pense qu'il est très romantique.

— Pas Anna. Tu es romantique, Anna ?

— Non.

— Vous vous en êtes aperçu, Martyn ? A moins que vous ne soyez pas d'accord ?

— Comme vous venez de le dire, Wilbur, un romantique refuse de voir changer ceux qu'il aime, et les villes auxquelles il attache des souvenirs sentimentaux. En fait, le romantisme pourrait être un synonyme de manque de sincérité. Qu'en pensez-vous ?

— Anna est une fille totalement sincère.

— Oui, dit Martyn. D'une sincérité à toute épreuve. Je trouve ça très émouvant, et beaucoup plus stimulant que le romantisme.

— Effectivement, dit Ingrid qui sentait que la conversation prenait un tour auquel elle n'était pas habituée.

— C'est un cliché, bien sûr, mais il y a tant de versions de la vérité. Et ces versions peuvent être parfaitement acceptables, car la plupart du temps personne ne connaît toute la vérité ; qu'en pensez-vous ?

— Cela me semble un peu cynique, dis-je pour détendre l'atmosphère. Le sentimentalisme, comme l'idéalisme, est peut-être le dernier refuge des cyniques.

Martyn se mit à rire. Wilbur se tourna vers lui.

— Martyn, vous ne nous avez pas donné votre position. Etes-vous un cynique déguisé en romantique, ou un hypocrite caché sous le masque de la vérité ?

— Je suis comme Anna. Je suis sincère. Mais je suis prêt à accepter des autres leur version de la réalité. C'est une liberté fondamentale de pouvoir créer sa propre réalité à partir des vérités qui sont à notre disposition.

— Je comprends pourquoi vous êtes faits l'un pour l'autre, Anna et vous. Martyn, Anna m'a dit que vous aviez l'intention d'écrire un roman ?

— Oui, mais c'est le cas de pas mal de journalistes !

— Mais toi, c'est sérieux, dit Anna.

Martyn eut un regard gêné.

— Martyn ! Tu ne m'en as jamais parlé. (Il y avait une honteuse touche de colère dans ma voix. J'essayai de changer de ton.) Euh, je voulais dire que je trouve cela très intéressant...

— Eh bien, papa, c'est ma vie secrète.

— Je n'ai pas d'enfant, dit Wilbur, c'est peut-être pour ça que je les étudie tant dans mes romans. Et vous, Martyn ? Quelle est votre obsession ? Un écrivain a toujours des obsessions.

— Le sujet dont nous venons juste de discuter, la vérité. Je me demande si elle existe dans l'absolu. Un menteur ne peut-il pas donner la description parfaite de la réalité de quelqu'un d'autre ? C'est pour cela que j'aime tant le journalisme. C'est la meilleure école qui soit pour ce que je veux explorer en tant qu'écrivain.

La voix de Martyn poursuivit, mais j'étais incapable d'intégrer les mots. Ecrasé d'admiration et de jalousie, je comprenais que mon fils, emmitouflé dans sa propre réalité de beauté et d'intelligence, était finalement devenu mon plus dangereux rival.

— Pardonnez-moi de vous interrompre, mais le dîner est prêt, dit Ingrid.

Elle venait de recevoir le signal convenu d'Alice, « une vraie perle », comme l'appelait Ingrid.

— Vous savez, je suis vraiment heureux de faire votre connaissance à tous. La mère d'Anna a été ravie, en apprenant que vous m'aviez invité, dit Wilbur en s'asseyant.

— Quand avez-vous vu votre mère pour la dernière fois ? demanda Ingrid à Anna.

— Il y a près de deux ans.

— C'est très long, répondit Ingrid posément.

— Les familles ne fonctionnent pas toutes de la même façon, s'exclama Martyn, volant à la défense d'Anna.

— La relation mère-fille est particulièrement difficile, il me semble, dit Wilbur.

— Vous en parlez avec beaucoup de sensibilité dans *L'Enfant de gloire,* dit Ingrid en me lançant un regard triomphant.

— Merci, Ingrid.

— Anna voit son père plus souvent, il vit en Angleterre.

De nouveau, Ingrid se retourna vers Anna.

— Oui, effectivement. C'est plus facile. Je voyais ma mère régulièrement quand je faisais mes études aux Etats-Unis. Wilbur a toujours été très gentil avec moi.

— Qui ne serait pas gentil avec toi ? dit Martyn en regardant amoureusement Anna.

Soudain, il lui prit la main et l'embrassa.

Une voix intérieure tonitruait des ordres. Garde ton calme, garde ton calme ! Ne dis rien ! Ne fais rien ! Si tu es incapable de supporter ça, de quoi es-tu capable ? La douleur s'apaisera. Dans un instant. Ce n'est rien. Ce ne sont que des galanteries d'usage.

J'avais envie de crier : « Ne la touche pas ! Ne la touche pas ! »

Ne touche pas la main de mon esclave ! Esclave, viens près de moi, maintenant. Ici ! Devant tout le monde ! Laisse-moi t'adorer ! Esclave ! Laisse-moi m'agenouiller devant toi !

Regarde-le, regarde-le, poursuivait la détestable petite voix, pense à toutes les femmes qu'il a eues. Ce n'est pas un jeune homme amoureux de la fascinante étrangère. C'est son partenaire, le partenaire de n'importe qui. C'est ton rival à table, idiot présomptueux ! Ton rival au lit ! Regarde la réalité en face. Au lit, au lit avec Anna ! Quand et combien de fois ? Penses-y ! Regarde-les !

Tu n'arrives pas à t'y faire. Tu ne sais pas quoi faire. Tu n'as jamais su quoi faire. Et tu t'imagines que tu vas garder ta raison dans une situation pareille ! C'est moi ou Martyn. Je dois l'avoir, je le dois. Je ne peux pas respirer, je ne respire plus.

— Mon chéri, qu'est-ce qu'il y a ? Ta main ! Tu as écrasé ton verre dans ta main ! Martyn, va chercher une serviette à la cuisine et la trousse de secours.

Je regardai ma main ensanglantée et les éclats de verre qui tombaient au sol.

— Oh, ce n'est qu'une égratignure. Wilbur, vous voyez, la violence des réunions de famille anglaises !

Wilbur rit. Je lui en fus reconnaissant. Habilement, volontairement peut-être, il avait dépouillé la scène de son caractère dramatique.

Ingrid était fort impressionnante. Sereine, responsable, elle bandait d'une main experte ma main et mon doigt blessés. Les éclats argentés furent enlevés par Alice. Soudain, une serviette blanche recouvrit la tache rouge de la nappe. Tel le linceul dont on recouvre les morts.

— Poursuivons. L'idiot de père a retrouvé ses sens. Tout va bien. Retournons à la réalité. Du moins à la version que Martyn en a.

Peut-être était-ce le ton de ma voix, ou le calme après l'orage du verre brisé, mais le silence m'accueillit. Je regardai Ingrid qui me sourit faiblement, Anna qui paraissait chagrinée, puis Wilbur, qui avait l'air gêné à présent. Finalement, je me tournai vers Martyn. Il m'adressa un regard plein de gentillesse et d'attention. Je sentis une force qui faillit me faire crier : « Martyn, mon fils, mon fils ! » Mais aucun cri ne fut perçu, car aucun cri ne sortit. Puis, l'opération de sauvetage de l'hôtesse reprit son cours.

J'applaudis silencieusement Ingrid. Bravo, Ingrid ! Quelle légèreté ! La légèreté, c'est tout. Suis-je soûl ? Non. Le vin renversé n'est pas celui qu'on boit.

Nous quittâmes la salle à manger et nous repartîmes dans divers coins du salon. Autant que possible, je me tins à l'écart de tous. Wilbur s'assit à côté de Martyn. Anna, qui une fois de plus n'avait rien révélé d'elle-même, s'installa en silence sur le divan, près d'Ingrid.

Elles formaient une étude de contrastes. Les cheveux blonds bien coiffés et étincelants, Ingrid portait un chemisier de soie rubis sur une jupe de velours gris. Anna, avec ses petites mèches de cheveux noirs qui semblaient peintes sur son front, était en robe de laine noire à col boule.

— Ingrid... vous tous. Je vous demande de m'excuser. Il y a une session ce soir à la Chambre. Je dois y aller, il est presque onze heures.

— Tu peux conduire ? Et ta main ?

— Ce n'est rien, rien du tout.

— Je ferai bien d'y aller aussi, dit Wilbur en se levant.

— Mon chéri, tu peux déposer Wilbur au passage ?

— Non, il n'est pas question de vous déranger.

— Nous vous raccompagnerons plus tard, prenez un autre café, proposa Martyn.

J'hésitai un instant.

— Venez avec moi, Wilbur. C'est sur mon chemin. Vous êtes au Westbury, n'est-ce pas ?

— Oui.

Nous prîmes la voiture. Je conduisis.

— C'est la première fois qu'Anna fait quelque chose comme ça, dit Wilbur. Je crois qu'elle est enfin heureuse. Oh, j'ai rencontré certains de ses amis à l'occasion, mais jamais leur famille. Bien sûr, la mère de Peter et Elizabeth sont de grandes amies.

— Peter ?

— Oh, je crois que c'est un amour d'adolescence.

Je me souvins du garçon dans la salle de bains.

— Ils ont eu une histoire à épisodes. Cela a duré des années, mais elle ne pouvait pas se stabiliser avec lui. Il voulait l'épouser... pas elle. Ils se sont séparés. Il s'est marié très rapidement après cela. Un désastre, m'a-t-on dit. Puis-je déduire de ce dîner qu'Anna et Martyn sont sérieux ?

— Peut-être.

Il y eut un silence maladroit. Puis Wilbur parla.

— Vous avez un problème, mon ami.

— Lequel ? Que voulez-vous dire ?

— Les hommes qui écrasent les verres dans leur main en dévorant des jeunes femmes des yeux souffrent de quelque chose de plus grave qu'une égratignure. Gardez le silence, mon ami, gardez le silence.

Le granite, les lumières, une foule agitée passait devant mes yeux. Trop tard pour le silence. Trop tard.

— Anna a fait souffrir beaucoup de gens. A mon avis, on ne peut pas le lui reprocher. Mais c'est un catalyseur du désastre. Martyn est peut-être différent. Il la laisse vivre. C'est vital pour elle. Essayez de la retenir, et elle se débattra. On ne peut pas briser Anna. Elle est déjà brisée. Elle doit être libre. Ainsi, elle reviendra toujours à la maison. Bien sûr, c'est un conseil que je devrais donner au futur marié, pas à son père. Martyn ne semble pas en avoir besoin. Mais vous, mon ami, vous devriez prêter attention à mes paroles. Il est trop tard pour que je vous donne le seul conseil qui pourrait vous sauver. Ne vous approchez pas d'Anna.

— Votre hôtel, je crois.

— Merci. Je suis une tombe. Je renferme plus de secrets que vous ne pouvez l'imaginer. Nous aurons certainement l'occasion de nous revoir. Rien dans mon attitude ne vous laissera penser que cette conversation ait jamais eu lieu. Bonsoir, et bonne chance.

Il avait disparu.

J'aperçus mon reflet dans le rétroviseur latéral. Soudain, je songeais à mon ancienne vie, bien réglée. Payais-je le prix de la bonté ? D'une vie bien menée ? De la bonté sans sentiments ? De l'amour sans passion ? D'enfants pas assez désirés ? D'une carrière pas assez convoitée ? Le péché en était le prix. Le péché. Avais-je, pour une fois dans ma vie, le courage de pécher ?

Mon visage dans le rétroviseur ne me dit rien. Le visage qui venait de tout dire à Wilbur.

Le vote terminé, je quittai la Chambre à deux heures et demie.

Je passai devant chez Anna. La voiture de Martyn n'était pas là.

Il fallait que je me retrouve dans cette pièce. Il fallait que je fasse revivre le tableau. Que je revoie les membres désarticulés, tels que je m'en souvenais. Que je regarde son corps sur la table. Que je pénètre à nouveau dans ce monde. Tout de suite.

L'obscurité de la rue, avec ces îlots intermittents de lumière des lampadaires, le mystère assoupi de la petite maison silencieuse, donnaient un angle à mon désir. L'angle de la peur. La peur qu'elle ne soit pas là. La peur qu'elle soit avec Martyn, en ce moment, dans sa maison. La peur distord le désir. Je suffoquais presque en sonnant à la porte.

Lumière, bruits de pas, et elle se trouva face à moi. Je passai devant elle et entrai dans le couloir.

Je regardai en haut.

— Martyn n'est pas là ?

— Non.

— Je m'en doutais. Je n'ai pas vu sa voiture.

Elle portait une robe de chambre de soie noire à la coupe masculine. En la suivant, l'image d'un garçon aux cheveux noirs frisés et aux épaules larges marchant devant moi me fit frissonner. C'était un souvenir de Martyn adolescent, en robe de chambre olive, dans le couloir, il y a des années, alors que je revenais d'une session nocturne.

Elle se retourna, et l'image s'évanouit tandis que son vêtement s'ouvrait sur ses seins. Elle me conduisit vers la table. Je me servis de la ceinture et du tissu de soie, dans un tableau de mouvements et de contraintes imposés, qui privaient parfois mon esclave de la vue et de la parole. A l'abri de son regard, je pouvais la vénérer. Sans son consentement oral, je me livrais aux exigences éternelles de l'obsession érotique.

Quand tout fut terminé, je jetai la robe de

chambre sur les membres que j'avais si soigneusement disposés, tels les peintres qui, des siècles auparavant, recouvraient la nudité des personnages de la chapelle Sixtine. Sous la soie, tous ses pouvoirs occultés, elle gisait silencieusement et m'observait faire les cent pas. De nouveau, des pensées et des craintes atroces me torturèrent.

— Qui est Peter ?

— Je t'en ai déjà parlé.

— Je sais. Mais je veux la suite. Donne-moi la suite.

— Pourquoi ?

— Parce que la vérité du Peter qui a fait l'amour avec toi le jour de la mort d'Aston, et la vérité du Peter avec qui tu as vécu et que tu as failli épouser ne sont pas les mêmes.

— Mais cela n'a rien à voir avec l'histoire que je t'ai racontée.

— L'histoire ?

— L'histoire que je t'ai racontée.

— C'est tout ce que c'est pour toi, une histoire ?

— Comment veux-tu que ce soit autre chose ? Tu ne nous connaissais pas à l'époque, ni moi, ni Aston, ni Peter. Et dans ce cas, la vie des autres, ce n'est qu'une histoire. Les photos que je t'ai données servaient d'illustrations. Si je disparaissais de ta vie maintenant, c'est tout ce qu'il te resterait. Des photos, une histoire, des gestes figés dans un cadre.

— Eh bien, donne-moi d'autres images de Peter.

— Il boite. Gravement. Il a eu un accident de ski il y a quelques mois.

— Comment le sais-tu ?

— Je l'ai vu récemment.

— Je le croyais marié.

— Oui.

— Tu l'as vu seul ?

— Oui.

— Où ?

— A Paris.

Je sortis de la pièce. J'allai aux toilettes. Je vomis. Je me lavai le visage, puis, une serviette autour de la taille, je revins lentement vers Anna.

Elle était descendue de la table. Elle fumait une cigarette sur une chaise, près de la fenêtre. Le vert sombre des rideaux se confondait avec ce qui était, je le voyais à présent, une robe de chambre de soie olive. Son visage, les boucles de ses cheveux noirs formaient un camée Renaissance, pourtant gâché par l'incongruité de la cigarette.

— Et Paris ? Raconte-moi !

— Nous avons quitté L'Hôtel. L'après-midi, je suis allée voir Peter. Martyn a fait des courses. Nous nous sommes rejoints plus tard.

Alors, tandis que je sombrais dans une brume enivrée à L'Hôtel, essayant de retrouver sa présence dans la chambre qu'elle avait quittée, elle était avec Peter.

— Où l'as-tu vu ?

— Chez lui.

— Et sa femme ?

— Elle était à New York. Ils sont presque séparés.

— Comment savais-tu qu'elle était à New York ?

— J'avais appelé.

— Avant d'aller à Paris ?

— Oui.

— Alors, Martyn est allé à Paris avec toi, croyant passer un week-end avec sa fiancée. C'est exact, oui ou non ?

— Oui.

— Et je suis allé à Paris parce que je ne pouvais pas passer un jour sans toi. Et toi, Anna, tu es allée à Paris voir Peter.

— Non, ce n'est pas tout à fait vrai. Je voulais aller à Paris avec Martyn. Tu m'as suivie. Tu avais besoin de moi. Je suis venue.

— Et Peter ?

— Peter est toujours là, quelque part.

— Une présence qui épie dans un coin.

— Si tu veux.

— Pourquoi faut-il te passer à la question pour t'arracher un soupçon de vérité ?

— Parce que j'estime que les gens posent des questions quand ils sont prêts à entendre les réponses. Avant, ils jouent aux devinettes ou ils pressentent la vérité. Mais ils n'en sont pas sûrs. Quand ils veulent vraiment savoir, ils demandent. C'est dangereux, d'une façon comme d'une autre.

— Dangereux ? Pourquoi ?

— Parce que j'ai horreur qu'on me pose des questions. Mais j'essaie de ne pas mentir. Ce soir, tu es venu vers moi. J'étais là, je le serai toujours, d'une certaine façon. Il y a autre chose qui compte ? Qu'est-ce que tu gagnerais, si je répondais à toutes les questions que tu as envie de poser ? Nous avons notre histoire. Laisse-la en paix. Laisse tous ceux qui sont dans ma vie en paix. Comme moi avec toi. Je ne te pose jamais de questions sur Ingrid. Ni sur les autres femmes. Il y en a eu d'autres ?

Je niai d'un signe de tête.

— Nous vivons quelque chose d'exceptionnel. Nous l'avons su dès la première seconde où nous nous sommes rencontrés. Cela ne se reproduira jamais ni pour l'un ni pour l'autre. Alors, laisse faire.

— Je ne supporte pas de te voir avec Martyn. Je n'y arrive pas. C'est impossible. Je parviens à ne pas y penser quand je ne vous vois pas ensemble. Mais ce soir, à vous regarder tous les deux, j'ai ressenti une telle violence ! J'avais l'impression de pouvoir faire du mal à Martyn.

— Mais au lieu de cela, tu as cassé un verre. Ne t'inquiète pas, tu ne commettras aucun acte de violence. Physiquement, tu te maîtriseras.

— Comment le sais-tu ?

— A cause de nous. Tu es parvenu aux extrêmes avec moi. Impossible d'aller plus loin. Essaie de ne pas me voir avec lui. Reste à l'écart, invente des excuses.

Je m'agenouillai devant elle.

— Anna, quitte Martyn ! Quitte-le ! Je quitterai

Ingrid. Plus tard, nous pourrons nous montrer ensemble ; jusque-là, nous resterons discrets.

Elle sursauta et s'écarta de moi.

— Jamais, jamais ! Je ne ferai jamais une chose pareille.

— Pourquoi ? Au nom du ciel, pourquoi ?

— Parce que je ne demande pas plus de toi que ce que j'ai déjà. Et ce que nous avons, tu le détruirais si nous étions ensemble.

— Non ! Non, tu te trompes.

— Je vois bien dans ton visage que j'ai raison. Tu serais écrasé de doutes et de peurs. Et parfois, tu aurais raison. Je verrais toujours Peter, par exemple. J'aurais peut-être envie de voir Martyn. Je ne changerais pas ma façon de vivre. J'ai des promesses à tenir. Des dettes à payer. Personne ne me forcera à y renoncer.

— Mais je te laisserai ta liberté. Je te le promets. J'apprendrai.

— Tu en es incapable. Tu vivrais un enfer pire que tout ce que tu peux imaginer. La douleur d'Ingrid, de Martyn, tes sentiments de culpabilité, et pour quoi ? Rien de plus que ce que tu as, que ce dont tu as besoin. Et à la fin, cela aussi, tu le compromettrais.

— Martyn t'a demandée en mariage ?

— Non. Pas encore.

— Mais tu penses qu'il le fera ?

— Oui.

— Pourquoi accepter ?

— Parce que Martyn ne pose pas de questions. Martyn me laisse vivre.

— C'est tout ce que tu demandes aux gens ? De te laisser vivre ?

— C'est énorme. Jusque-là, Martyn est le seul à en avoir été capable.

— Et moi, je ne peux pas ?

Je pris mes vêtements et m'habillai en silence. Elle alluma une autre cigarette et se mit à parler.

— Ce qui existe entre nous n'a qu'une dimension. Essaie de l'enfermer dans une vie ordinaire, et nous serons tous deux détruits. Tu ne me perdras jamais. Tant que je vivrai. Tu ne me perdras jamais.

— Et Martyn ?

— Martyn ne saura rien. Cela ne dépend que de nous. Parfois, Martyn devine certaines choses sur moi. Mais notre pacte, notre façon de nous comporter l'un par rapport à l'autre se renforce de jour en jour. Tout ira bien.

— Si tu épouses Martyn, où nous verrons-nous ?

— Quelle question bassement matérielle pour une nuit pareille !

Elle se tourna vers moi, et, dans la demi-obscurité, son visage semblait flotter dans la mer des verts sombres des rideaux et de son col d'un olive étincelant.

Elle paraissait si sûre d'elle, si forte. Comme une déesse à qui l'on pouvait tranquillement confier son destin, certain que ses décisions seraient toujours justes, ses jugements sages. Nous nous embarquions dans une vie de trahisons et de tromperies, dans la cruauté ordinaire de l'adultère, mais en plus nous brisions des tabous ancestraux.

Et nous savions que nous irions jusqu'au bout. Nous organisions notre monde, et ceux qui étaient liés à nous dans un semblant d'ordre. Un ordre qui permettrait à l'ouragan de notre désir d'exploser.

— J'achèterai un studio. Pour nous. Laisse-moi m'en occuper. C'est plus facile pour moi. Maintenant, il faut que tu t'en ailles.

Elle me sourit quand nous nous quittâmes devant la porte.

— Laisse les choses... se faire.

L'aube approchait quand je me glissai dans le lit près d'Ingrid.

— Excuse-moi, murmurai-je. John Thurler m'a retenu... Il n'arrêtait pas, tu le connais...

Elle eut un grognement compatissant et entrouvrit les yeux. Sa respiration reprit un rythme régulier. Je restai allongé dans le noir, me demandant comment je parvenais encore à respirer.

26.

— J'ai reçu une lettre de Martyn me remerciant gentiment pour le fonds de vente que je lui ai monté. Tu en connais les termes. Les cloches du mariage seraient-elles prêtes à sonner ? demanda Edward au téléphone.

— Possible.

— Quel dommage que Tom soit mort avant que Martyn soit adulte. Il aurait été très fier de lui. Tom me manque beaucoup, vous savez. Un homme merveilleux, un personnage fantastique.

— Je sais.

La mention de mon père me rappela des jours que j'avais oubliés depuis longtemps. Les jours où j'étais le fils de mon père autant que le père de mon fils.

— J'ai eu beaucoup de chance. J'ai vu Ingrid heureuse en ménage pendant toutes ces années. A présent, Martyn va peut-être se marier. Je ne suis pas très sûr d'Anna. Martyn est visiblement très amoureux, alors il va falloir que je sois gentil avec elle. Sally et Jonathan semblent aller très bien ensemble. Vous pourriez vous retrouver avec deux mariages sous peu. Qu'en dites-vous ?

J'essayai de paraître détendu et content. Je donnai même une imitation d'un gloussement à la Edward.

— Comment va la commission que vous présidez ?

— Comme ci comme ça.

— Hum hum, un parangon de discrétion, n'est-ce pas ? Ecoutez bien ce que je vais vous dire, vous allez être promu dès le prochain remaniement Même pour moi, vous êtes un peu l'eau qui dort, mais ça marche, votre modestie. Les gens vous aiment bien. Ils vous font confiance. La confiance, c'est un petit miracle, de nos jours. Personne ne fait plus confiance à personne. Eh bien, si tout cela se termine par des fiançailles entre Martyn et Anna, j'aimerais que le mariage ait lieu à Hartley. Qu'en pensez-vous ? Je sais que d'habitude cela se passe dans la famille de la fille, mais ses parents sont divorcés. Sa mère vit aux Etats-Unis. Je mets peut-être la charrue avant les bœufs, ce n'est qu'une idée. Dites quelque chose.

— C'est une excellente idée, Edward, mais ils ne sont même pas fiancés.

— Oui, effectivement. Les fiançailles à Hartley, alors ? dit-il en riant. Je suis têtu, vous voyez. C'est l'âge. Je m'accroche de plus en plus à la famille. Je ne veux pas renoncer. C'est bizarre, la vieillesse. J'ai toujours su que cela arriverait, avec un peu de chance. Mais je ne m'attendais pas à ce que cela soit si rapide. Vous voyez, ça vient trop tôt. Bon, il faut que je vous quitte ! Tom et moi, nous avons bien agi envers Martyn et Sally. Ingrid héritera sans doute de Hartley et de pas mal…

— Edward…, je vous en prie. Vous avez été merveilleux pour nous et pour les enfants. Mais nous avons encore des années à passer ensemble. Des années devant nous.

— Je l'espère. Excusez-moi si je suis un peu sentimental. C'est de voir Martyn se marier. Je ne pouvais pas le dire plus tôt, mais bien sûr cela me rappelle la mort de la mère d'Ingrid. C'est toujours une grande tristesse, vous savez. Bon, cette fois, je vous laisse… Portez-vous bien…

— Vous aussi, Edward. Au revoir.

Je raccrochai, et, avec force détermination, essayai d'occulter toutes les visions de mon père.

Tu n'es peut-être plus un fils, semblait-il me dire, mais bon sang, tu en as un !

Qu'est-ce que tu fais ? Quel père es-tu ?

Tu as toujours été un fils distant. Distant vis-à-vis de ta mère, vis-à-vis de moi. Et un fils froid est un père froid.

J'avais peut-être un père froid.

Je vis son visage s'éloigner. Je rêvai que je le voyais écrasé par toutes ces années d'amour manqué.

27.

Nous étions dans la chambre. Je n'y avais jamais pensé comme à notre chambre et encore moins comme à la mienne. C'était la chambre où Ingrid et moi passions le temps de notre mariage, la chambre qui raconte la véritable histoire d'un homme et d'une femme vivant cet étrange arrangement. Mais l'histoire n'a d'autres témoins que les participants. La plupart du temps, ils doivent se cacher la vérité à eux-mêmes et se mentir mutuellement. Les secrets de la chambre sont enterrés sous des couches de temps, d'habitudes, d'enfants, de travail, de dîners, de maladies et de toute une myriade de rituels et d'incidents avec lesquels on estompe la douleur.

Devant la coiffeuse, Ingrid s'enduisait le visage et le cou de crème en prenant soin de ne pas toucher les bretelles de satin sur ses épaules pâles et délicates.

« Les blondes ont la peau sèche » est l'un des axiomes absolus ancrés dans mon esprit. Bien qu'en rien frivole, Ingrid considérait ce rituel matinal et nocturne comme absolument vital. Je ne l'avais jamais vue ne pas y sacrifier. La vision de ces massages était régulièrement accompagnée par la vérité fondamentale : « Je sais que c'est ennuyeux, mais les blondes ont la peau sèche. »

— Wilbur a appelé pour nous remercier. Je le trouve fascinant. Pas toi ? dit Ingrid.

— Il écrit mieux qu'il ne parle.

— Ah bon ? Il était très intéressant à ce dîner.

— Je ne sais pas. C'était plutôt banal, le triomphe de la vérité, ce genre de clichés.

— Il aime beaucoup Martyn. Tu crois que Martyn sera écrivain un jour ? Cela me semble bizarre qu'il n'en ait jamais parlé. Enfin, ce n'est pas comme si nous avions exercé des pressions sur lui, d'un côté ou d'un autre. Je suis plutôt contente.

— Il a peut-être dit cela pour impressionner Wilbur.

— Oh, non. Martyn ne se soucie pas d'impressionner qui que ce soit. Sauf Anna peut-être. Wilbur dit que sa mère sera très contente d'apprendre qu'elle va bien et qu'elle est heureuse. Elles ne sont pas très proches l'une de l'autre, d'après ce qu'on en sait. Nous avons de la chance avec nos enfants. En fait, nos doutes à propos d'Anna... la différence d'âge..., ce n'est pas grand-chose, d'une certaine manière. Enfin, qu'est-ce que cela peut faire si elle est un peu plus vieille et plus sophistiquée ? Il aurait pu tomber amoureux de quelqu'un qui lui convienne encore moins bien. Qu'en penses-tu ?

— Oui, nous avons de la chance.

— De toute façon, j'ai décidé de mettre mes inquiétudes de côté et de la connaître un peu mieux. Jusque-là, je me suis montrée assez froide.

— Tu as toujours été très gentille.

— Oui, je sais, mais « très gentille », ce n'est pas « amicale », si ? Peut-on jamais être amicale envers la femme de son fils ?

— Tu sais, ils ne sont pas encore mariés. Ils ne sont même pas fiancés.

— Je sais. Mais tu comprends ce que je veux dire. C'est différent pour les hommes. Ils n'éprouvent pas le même sens de la perte quand leur fils se marie. Mais tu es peut-être un peu jaloux de l'ami de Sally, Jonathan.

— Je n'y ai jamais pensé.

— Hum hum. C'est bien ton problème. Parfois, tu donnes l'impression de ne pas beaucoup penser aux enfants, à leur avenir, leurs relations...

— Ne sois pas stupide.

— C'est typique, ce que tu viens de dire sur Jonathan. Si je ne parlais pas sans arrêt d'Anna, tu n'y songerais sans doute jamais un instant.

J'avais le dos tourné. Je fermai les yeux. Soudain la méchanceté du mensonge, la cruauté de la fuite m'écrasèrent de honte. Je ne pus ni bouger ni répondre.

— Mon chéri, ça va ?

Je me retournai et me rendis compte qu'Ingrid me voyait de dos, dans le miroir. Une courbe de mes épaules ou de mon corps avait peut-être transmis un message. Le visage que je vis dans le miroir en me retournant était sans aucun doute celui d'un homme en pleine détresse.

Les yeux pleins d'amour, Ingrid s'approcha de moi. Sa proximité, ma culpabilité me plongèrent dans une rage intérieure. Laid et menaçant, mon reflet me regardait.

— Que se passe-t-il ? Que se passe-t-il ? cria-t-elle.

— Rien, rien. L'âge, sans doute. Soudain, je me sens vieux.

— Mon chéri, mon chéri, c'est parce que les enfants vont se marier, c'est ça ? Tu n'es pas vieux. Tu es toujours l'homme le plus séduisant que je connaisse.

Elle était tout contre moi. Son corps aux contours de satin reposait contre le mien en un enlacement familier. Je posai les mains sur ses épaules et, mettant un espace de quelques centimètres entre nous, je l'embrassai sur le front. Puis je m'écartai. C'était un rejet. Nous le savions tous deux.

— Il y a quelque chose que tu ne m'as pas dit ?

Sans me regarder, elle se mettait de la crème sur les mains.

— Bien sûr que non.

— Tu es soucieux ? La commission, peut-être ?

— Non. Ce n'est rien. Excuse-moi, Ingrid. Je me sentais simplement vieux et fatigué. C'est fini maintenant. Je vais lire un peu. Je dois travailler sur un dossier. Je monterai plus tard.

Un éclair de fureur passa entre nous. Sans en tenir compte, je sortis de la pièce.

Une fois en bas, je me servis un whisky. Je devais trouver un moyen d'avancer vers la relation à laquelle nous étions destinés. Un mariage de peu de contacts physiques, ce qui ne causerait ni commentaires ni grande douleur. Nous n'avions jamais été un couple passionné. Il était sûrement possible d'accélérer la route déjà toute tracée de l'abstinence.

Je devais m'y efforcer. La proximité physique d'Ingrid devenait intolérable. Mon désir pour Anna rongeait mon être. C'était comme si Ingrid essayait d'envahir l'espace réservé au fantôme d'Anna absente. L'air chargé de lutte me torturait.

Tu vas te rendre malade, grondait une voix intérieure. Tu le sais. N'est-ce pas, docteur ? Médecin, soigne-toi toi-même. Un sourire cynique me vint à la pensée de ce vieil adage. Peut-être avais-je besoin d'un châtiment.

Décidé à sacrifier un peu plus le bonheur d'Ingrid, je me mis au travail.

Le lendemain matin, le petit déjeuner monosyllabique fut calme. A ma grande honte, les attentions d'Ingrid étaient plus fortes que son désir de me punir.

Je gardai mon calme. J'étais impatient d'établir entre nous une distance qui ferait émerger un mode de vie plus acceptable. Quelque chose de finement délimité, un moyen de miner les fondations du mariage.

— Je voudrais préparer l'anniversaire de père, le 20. Ce serait bien si nous pouvions tous arriver pour le samedi soir et rester à déjeuner dimanche. J'en parlerai à Cecily. Je peux établir le menu dès maintenant. Sally et moi, nous aiderons Cecily à la cuisine. Et puis, Anna pourra donner un coup de main, elle aussi.

Cette domestication d'Anna me semblait faire partie d'un complot. Ingrid ne voyait-elle pas l'incongruité d'Anna dans une cuisine ? J'imaginais les quatre femmes. Cecily, Ingrid, Sally, compétentes, s'agitant dans le territoire du foyer, et Anna, son mystère, sa puissance envahissant toute la cuisine. Anna, englobant chacune dans une autre aura de femme, infiniment plus puissante que le charme des attentions et de la gentillesse. Les autres n'étaient que des figurines de carton-pâte, seule Anna était réelle, triomphante et dangereuse.

— Je risque d'arriver plus tard. Je vérifierai, mais dimanche midi, ce sera parfait.

— Bon. Je suis sûr que père sera fou de joie. Nous parlerons des cadeaux plus tard.

Elle regarda sa montre. Elle tenait à être la première à donner congé à l'autre, afin de prendre sa revanche sur la veille au soir.

— Je dois y aller.

Je m'approchai d'elle pour lui donner le baiser habituel sur la joue. Mais elle se contenta d'esquisser un bref sourire en tournant la tête, si bien que mes lèvres lui effleurèrent les cheveux. C'était peut-être un nouveau changement subtil dans notre rituel, passer de la peau aux cheveux sur la longue route de la séparation des corps.

En chemin, je me souvins que c'était à Hartley que j'avais demandé la main d'Ingrid à Edward. Si longtemps déjà. Un oui fatal, qui m'avait mené à Martyn et Sally, et à des années et des années de paix, de contentement, de bonne fortune et de prospérité.

Hartley tomberait entre les mains d'Anna. Toutes ses autres connotations en seraient transformées à jamais. Ses murs, ses jardins, vierges de sa présence, le domaine chéri d'Ingrid, devaient se rendre, eux aussi.

Je l'appelai. Il était tôt, elle était chez elle.

— Hartley !

— Oui, je sais. C'était impossible de refuser. (Elle marqua une pause.) Je ne crois pas en avoir parlé, mais je serai absente la semaine prochaine, je rentre jeudi soir.

Je me tus. Ne demande pas où. Ne la presse pas, me raisonnai-je.

Elle rit comme si elle avait entendu mes réflexions intérieures.

— Je dois aller à Edimbourg pour un reportage, c'est tout.

— Bon. Ma commission en est au stade des propositions. Il faut que je rédige le document final.

— La vie continue, alors.

— Oui, il faut sauver les apparences.

— Il faut renforcer les aspects extérieurs de notre monde. Notre vie secrète ne peut continuer qu'à ce prix.

— Nous nous connaissons si bien.
— N'est-ce pas ?
— Au revoir. A Hartley.
— A Hartley. Au revoir.

28.

Hartley ne m'avait jamais ensorcelé. C'était la maison d'Edward. L'endroit où Ingrid était née et avait passé son enfance. L'endroit où elle se promenait à cheval et allait pêcher avec son père pendant les vacances. « Regarde, là, Border m'a fait tomber. Père m'a cru morte, mais je n'avais que des bleus. C'est là que je m'asseyais, pour songer à l'avenir. C'est là, juste derrière le bosquet de rosiers que mon premier petit ami m'a embrassée. » J'ai écouté tous ses rêves et ses souvenirs avec une politesse qui aurait dû m'inquiéter. Un homme amoureux n'écoute pas les confidences de sa chère et tendre avec un tel détachement. Et ne contemple pas non plus la maison qui a abrité son enfance d'un œil aussi froid.

En allant à Hartley le samedi soir, j'imaginais le domaine avec le regard d'Anna, qui le verrait pour la première fois.

Derrière le portail métallique, une longue allée droite mène à la façade gothique de pierre grise. La lourde porte de chêne, entourée de lierre, offre une impression rassurante de solidité. A l'intérieur, la porte fermée, les murs lambrissés et les fenêtres à croisillons imposent leur lenteur. Le grand escalier de chêne gravé semble séparer puissamment le jour de la nuit, afin que chacun jouisse mieux de tous ses charmes.

Le salon donne sur une pelouse traditionnelle, au sud. Au-delà, les terres d'Edward s'étendent assez loin pour lui apporter le réconfort de ce que tout l'œil peut englober.

La salle à manger, avec ses vaisseliers d'acajou chargés d'argenterie, incarne le vieil adage britannique : « La nourriture est une chose sérieuse, mais sans grande importance. » Bien que raisonnables et corrects, les repas ne sont pas le point fort de Hartley. La lourde salle à manger inhospitalière décourage toute ambition culinaire.

La bibliothèque déborde de livres qui feraient rougir tout Européen cultivé. Des livres sur la chasse, sur la campagne, quelques biographies, de héros militaires le plus souvent, un peu d'histoire. Aucun classique, aucun poète, aucun roman. Soigneusement disposées près de tables chargées de revues d'art de vivre, seule véritable lecture de la maison, les bergères invitent à prendre place.

Le salon était la seule pièce du bas dans laquelle je me sentais à l'aise. Je n'avais pratiquement jamais mis les pieds à la cuisine. Cecily, la cuisinière, était seul maître en son royaume.

L'escalier conduit à un vaste palier qui donne sur deux corridors. L'un d'eux ouvre sur les quatre suites précédant la chambre d'Edward.

L'autre couloir, plus modeste, conduit à deux autres suites, avant de mener à la porte de chêne de la pièce qui au fil des ans est devenue notre chambre, à Ingrid et moi.

Les chambres, toutes lambrissées, auxquelles on accède parfois par deux ou trois marches, sont vraiment charmantes. Les lits sont ornés d'édredons aux motifs floraux différents, avec coussins assortis, brodés, il y a fort longtemps, par la mère d'Ingrid.

Avec le temps, les pièces ont pris le nom des fleurs ou plantes brodées, Rose, Iris, Jonquille.

Je connaissais si bien cette maison, ces chambres et ces jardins ! Pourtant, Hartley n'était jamais entré dans mon âme. Après trente ans de visites régulières, j'étais toujours un visiteur. Anna serait-elle aussi imperméable à ses charmes ?

Je coupai le moteur. Ma rêverie prit fin. Ingrid, Sally et Jonathan vinrent m'accueillir dans l'allée.

— Edward est au téléphone, dans sa chambre. Tu as fait bon voyage ?

— Oui. Ça a passé vite.

— Anna et Martyn arriveront plus tard. Anna avait un travail à terminer. J'ai demandé à Cecily de retarder le dîner jusque neuf heures et quart. J'espère qu'ils seront arrivés d'ici là.

— Bonjour, monsieur.

Je fis un signe à Jonathan, et décidai de ne pas l'appeler par son prénom tout de suite.

Ingrid me prit par le bras tandis que nous suivions Sally et Jonathan dans le hall.

— Edward a mis tous les jeunes dans ce couloir,

de l'autre côté des parents. Autour de nous, toutes les chambres sont vides. Plutôt habile, tu ne trouves pas ?

— Si.

— Viens donc te changer.

Notre chambre était la Rose. A mon entrée, le dessus-de-lit, aux motifs rouges, roses et blancs, souvenir de jours perdus, présentait une innocence accusatrice.

En descendant, je trouvai Edward au salon.

— C'est vraiment fantastique d'être tous venus. Je ne peux pas vous dire à quel point je suis ému. Les anniversaires ne signifient plus grand-chose pour moi. Pourtant, soixante-quatorze ans, cela devrait compter.

— Effectivement.

Il paraissait en pleine forme. Il avait toujours eu quelque chose de lumineux, une certaine roseur sur le visage. Avec la vieillesse, cela lui seyait à ravir.

— Un apéritif ?

— Oui, un whisky, merci.

— Ingrid m'a dit qu'Anna et Martyn n'arriveraient que plus tard.

— Oui.

— C'est gentil à eux. Cela doit être un peu ennuyeux. Et l'ami de Sally... Je suis très touché qu'ils aient fait l'effort de venir.

— Ne soyez pas stupide. Tout le monde vous adore, quel que soit l'âge.

— C'est vrai ? J'ai toujours voulu rester en contact avec les jeunes. Cela donne un sentiment de continuité. Ce serait merveilleux d'avoir des arrière-petits-enfants. Vous croyez que j'ai une chance, avant de passer l'arme à gauche ?

— Edward, je vous souhaite beaucoup d'arrière-petits-enfants !

— Ah ah, toujours aussi diplomate !

Ingrid apparut à la porte.

— Les voilà. Je vais avertir Cecily. Ils ont le temps de prendre un bain rapide et de venir dîner. C'est parfaitement synchronisé.

Anna portait un pantalon gris, bien coupé. Cette tenue de campagne, décontractée, la transformait d'une certaine façon.

Les salutations terminées, elle monta dans sa chambre. Elle revint un peu plus tard dans une robe bleue que je lui avais déjà vue. Elle n'était toujours pas redevenue la même. Mal à l'aise, nerveuse. Je n'avais jamais vu Anna ainsi auparavant.

Le dîner fut calme. Tout le monde était fatigué après le voyage. Ce fut le temps des souvenirs.

— Anna, vous avez des souvenirs de votre maison ?

— Très peu en fait. Nous voyagions tellement.

— Je ne peux pas imaginer une vie sans Hartley, dit Ingrid.

— Anna a des souvenirs, dit Martyn à la hâte. Mais ils sont plus variés... impressionnistes, presque. Sally et moi, nous nous souvenons de Hartley. Et de Hampstead.

— C'était difficile quand vous étiez jeune, de déménager sans cesse ? demanda Sally.

— C'était différent, comme l'a dit Martyn. Mon

enfance est une série d'impressions… de pays, de villes, d'écoles…

— De rencontres et de séparations, dit Martyn en lançant un sourire compréhensif à Anna, un de ces sourires qui voulait dire : « Tu n'es plus seule maintenant. »

Impatient de voir le dîner s'achever, je regardais l'argenterie des vaisseliers. J'aurais pu m'épargner tout cela, pensai-je. J'aurais pu inventer une excuse, une bonne excuse. Mais j'avais envie d'être là. Il fallait que j'y sois.

— Martyn et moi avons eu de la chance, dit Sally. Une vie tranquille à Londres, des vacances à Hartley.

— Le même petit village italien, tous les étés, précisa Martyn. Les rites qui se répètent peuvent être un baume pour le cœur. Je suis d'accord avec Sally. Nous avons eu une enfance idyllique… par bien des aspects.

— Pas tous ? dit Ingrid en riant.

— Oh, tous les enfants ingrats ont toute une liste de reproches à formuler contre leurs parents. La mienne n'est pas très longue.

— Allez, Martyn, dit Edward, tu nous as mis l'eau à la bouche. Qu'est-ce qu'il y a sur ta liste ? Te battait-on en cachette ? demanda Edward, se frottant les mains de plaisir.

— Il y avait beaucoup trop d'ordre… un manque de passion, d'improvisation…

Le visage de Martyn devint presque immobile, comme s'il mimait les mots en silence. Son ton était neutre. C'est souvent ainsi qu'on révèle les plus grandes douleurs secrètes. L'effort de modération prive les mots de couleur et d'expression.

De chaque côté de la table, nous nous regardâmes. Un père qui n'avait pas su connaître son fils. Un fils qui croyait connaître son père.

— Eh bien, dit Jonathan, si tu voulais de l'anarchie et de la passion, tu aurais dû vivre à la maison. Mon père était un parfait gentleman. Mais, ce n'est un secret pour personne, c'était un incorrigible don Juan. Avec ma mère, c'était sans arrêt la bagarre. Pourtant, elle est restée avec lui. Pour moi et ma sœur, je suppose. Ils sont très heureux maintenant. Mon père est malade depuis pas mal de temps. Cela paraît cruel, mais c'est sa faiblesse qu'elle aime. Il s'est remis entre ses mains, comme un enfant bien sage avec sa gentille infirmière.

— Comme le temps peut changer les jeunes gens. Les jeunes écervelés, surtout. Ah, je pourrais vous en dire !

— Avant vous, Anna, Martyn était connu comme le loup blanc en ville, dit Sally.

— C'est ce que je me suis laissé dire.

— Par qui ?

— Martyn.

— Ah ah, des aveux complets, n'est-ce pas, Martyn ?

— Pas du tout, dit Anna. Cela ne m'a pas étonné le moins du monde. Martyn est très séduisant.

— Oui, il est très beau. Et c'est une mère fière qui parle. Bon, si nous allions nous coucher de bonne heure. Il y a un anniversaire à fêter demain, dit Ingrid en embrassant Edward.

Sur le palier, les « bonsoir, dormez bien » furent un tantinet embarrassés. Anna était au fond du couloir, du côté d'Edward, dans la chambre Jacinthe, et Martyn juste à côté, dans Lierre.

— Autrefois, je trouvais que c'était trop féminin, trop coquet. Mais Edward m'a expliqué avec quel soin et quel amour les dessus-de-lit et leurs coussins avaient été brodés. Maintenant, j'y pense comme à un hommage à grand-mère, dit Martyn.

Ingrid lui caressa la joue.

— Tu es gentil, Martyn. Bon, on y va. Nous sommes de l'autre côté du couloir, dit-elle en souriant d'un air conspirateur. « Faites ce que vous voulez, mais ne mettez personne dans l'embarras. »

Nous allâmes dans notre chambre. Je me sentais humilié comme jamais. Mon corps me paraissait lourd et maladroit. En la refermant derrière nous, je m'appuyai contre la porte.

— Dis donc, tu joues les saintes-nitouches ? dis-je méchamment.

— Sainte-nitouche ! quelle drôle d'expression ! C'est une autre génération. C'est normal qu'ils veuillent être sûrs de ne pas nous avoir sur le dos. Mais je ne veux pas qu'Edward soit gêné. D'où les chambres séparées. De toute façon, je ne sais pas où les choses en sont entre Jonathan et Sally. Cela épargne des tensions à tout le monde. Anna et Martyn, ce n'est pas pareil.

— On dirait que tu la portes aux nues, ces derniers temps.

— Cas de force majeure, mon chéri.

Ingrid commença à se déshabiller. Soudain, elle interrompit son rituel du badigeonnage de crème devant la coiffeuse.

— Il se passe quelque chose entre nous. Je ne comprends pas. Mais surtout, ne va pas t'imaginer que je ne m'aperçois de rien. Je sais que tu m'as été fidèle, je sais que tu n'as pas d'aventure en ce moment. Nous n'avons jamais été fanatiques des conversations cœur à cœur, alors, j'attends. Est-ce que je te parais arrogante ? A propos de tes aventures, je veux dire. Ce n'était pas dans mon intention. Pour moi, la fidélité, c'est très important. Je ne serai jamais une Jane Robinson. Ce que Martyn a dit sur le manque d'anarchie et de passion... Eh bien, c'est ce qui me plaît chez toi. Cela n'a pas changé. Cela nous convient, à tous les deux, pour l'essentiel. Tu ne trouves pas ?

— Oh, Ingrid. Ma chérie, excuse-moi. Je sais que c'est un cliché éculé, mais j'ai un problème, et je dois le résoudre tout seul. C'est si intelligent de ta part de me laisser m'en sortir à mon rythme.

Nos regards se croisèrent. Nous nous arrangeâmes pour détourner les yeux avant que l'un ou l'autre puisse y lire la vérité. Les silences de l'intimité sont les vœux de mariage des bons compagnons. Des vœux qu'ils honorent derrière la porte close de leur chambre où, piégés dans les draps froissés du désir mort, ils prennent le plaisir auquel ils ont droit. Ils se persuadent qu'ils n'ont pas été lésés dans ce jeu de roulette de la passion sans passion. C'est un héritage qui passe d'une génération à l'autre. Les liens d'un beau mariage.

J'étais allongé près d'Ingrid quand elle s'endormit. La rage et la haine se propageaient en moi, langues acerbes de serpents qui sifflaient : Va la chercher. Va la chercher. Enlève-la, murmuraient-elles. Oblige-la à te suivre. Oblige-la à quitter Martyn. Ce soir. Laisse tout tomber. Maintenant.

J'avais envie de me tordre, de me tourner et me retourner, de me débattre contre ces obscénités. Mais je restai immobile et silencieux près de ma belle femme endormie.

A deux heures du matin, je n'en pouvais plus. Je me levai. En ouvrant la porte, je vis Anna devant l'une des chambres vides de notre couloir. Olive. Elle me fit signe et esquissa un sourire. En entrant, elle me dit :

— J'ai choisi cette chambre pour être au calme. Je me demandais si tu allais venir. J'ai vu que tu souffrais.

Désespéré, je m'approchai d'elle. Elle mit sa main sur son ventre.

— Non, je saigne.

Lèvres ouvertes, elle s'agenouilla devant moi, pleine d'attente. Je la vénérai. Elle avait la tête rejetée en arrière, les yeux fermés, comme dans un rituel de génuflexion.

Englobé en elle. Englouti. Presque. Puis, les yeux ouverts, j'observai la légère mutilation de ses traits provoqués par la distorsion de sa bouche. Vidé en elle, je songeai au désespoir du plaisir.

J'étais toujours piégé à l'intérieur de mon propre corps.

La pièce était baignée de clair de lune. En me quittant, Anna me dit :

— J'ai dit oui à Martyn ce soir. Il va l'annoncer demain. Il veut en faire une fête de famille. Je sais que ce sera dur pour toi. Mais surtout, souviens-toi que je serai toujours ce que tu veux. Tu vis en moi.

Elle passa la main sur ses lèvres et ajouta :

— Souviens-toi, tout, toujours.

Puis, elle se glissa hors de la pièce.

J'inclinai la tête dans la pièce sombre. J'avais l'impression qu'on avait placé une énorme charge sur mes épaules. Dans l'obscurité, les coussins et le lit verts m'emplissaient les yeux. Conscient de leur paix et de leur beauté, je m'y allongeai. Ils formaient un bosquet de vert dans la lueur de la nuit. La rage et la haine me quittaient. Je pourrais porter mon fardeau. Je pourrais supporter la situation... toujours.

Un moment plus tard, je ne sais pas combien de temps exactement, je retournai dans le lit près d'Ingrid et m'endormis profondément. Le matin, je n'avais pas envie de voir Anna, et j'avais besoin de temps avant de pouvoir affronter Martyn. Une nouvelle vie commençait. Une vie dans laquelle Anna et Martyn formeraient un couple, officiellement. Je devais apprendre à porter le poids de cette réalité.

La raideur entre mes omoplates m'indiquait que j'avais décidé de porter ma croix. Certains dissimulent leur peine dans leur sang, leurs intestins ;

parfois elle atteint même la surface de la peau, stigmate du quotidien. Après toutes ces années, une image de mon enfance de ma nounou catholique, une de ses images saintes du Christ portant sa croix sur la route de Golgotha, incarnait la douleur de mon âme inspirée dans mon corps.

— Je vais prendre un thé en vitesse dans la cuisine et j'irai me promener. Je travaillerai jusqu'à l'heure du déjeuner. Cela ne t'ennuie pas ?

— Bien sûr que non, tout le monde comprendra, répondit Ingrid.

— C'est juste parce qu'à Hartley le petit déjeuner peut se traîner en longueur toute la matinée.

Cecily était dans la cuisine. D'un regard désapprobateur, elle m'observa avaler mon thé et mon toast debout près de la table. Puis, en entendant le rire de Sally dans la salle à manger, j'ouvris la porte et disparus.

Je me promenai dans le jardinet clos, derrière la cuisine. Son ordre parfait me rappelait que la nature pouvait s'apprivoiser et travailler pour nous. J'allai dans la prairie, où, autrefois, les poneys d'Ingrid, puis ceux de nos enfants, paissaient. Tout ce que je voyais, le jardin, la prairie, le petit courant presque asséché, me parlait d'une vie dont je m'étais à jamais coupé.

Où était le jeune homme qui, dans cette même prairie, avait courtisé Ingrid ? Où était le jeune père qui avait photographié Sally et Martyn, trottant sur leurs poneys avec une fierté maladroite.

Je m'arrangeai pour retourner dans ma chambre sans avoir dit bonjour à personne. Je travaillai sur mes dossiers tout en essayant de me composer un visage pour le déjeuner. C'était à moi de porter un toast.

— A Edward ! Joyeux anniversaire, et beaucoup d'autres à venir...

— A Edward.

Nous levâmes nos verres. Anna lança un regard nerveux à Martyn. Il se leva pour parler.

— Grand-père... vous tous... J'ai quelque chose à vous dire. Anna et moi, nous avons pensé que ce serait bien, en l'honneur de ton anniversaire... d'annoncer nos fiançailles. Maman... Papa...

Il nous regarda, ardent, suppliant, magnifique... Il avait une subtile lueur de triomphe dans les yeux.

— Eh bien..., dit Ingrid... C'est fantastique. Félicitations, Martyn. Anna, je suis si heureuse pour vous deux.

— Martyn, je ne peux pas te dire ce que cela représente pour moi. Le jour de mon anniversaire en plus ! Je suis touché, mon garçon, très touché. (Il se tourna vers Ingrid.) Martyn a toujours été très attachant. Vous avez fait le bon choix, ma chère, dit-il à Anna. Cela ne vous ennuie pas que je parle comme ça. Mon petit-fils a toujours été très spécial. Mais... il a de la chance, lui aussi. Une fille fantastique. Je l'ai pensé à la seconde où je vous ai rencontrée.

Sally avait bondi pour aller embrasser son frère.

— Félicitations, tous les deux. Enfin une bonne nouvelle !

Jonathan intervint.

— Bravo, Martyn ! Je l'avais vu venir à des

lieues ! Pas vrai, Sally ? J'ai toujours dit qu'Anna et Martyn étaient faits l'un pour l'autre. Dès le début. Cette image décontractée que vous donnez, tous les deux. Je ne m'y suis jamais trompé. Amoureux comme des fous, aucun doute là-dessus.

Dis quelque chose. Tu es le seul à n'avoir rien dit. Dis quelque chose… Mon esprit s'affolait.

— Martyn.

— Papa ?

— Que peut dire un père en une telle occasion ? C'est un jour étrange et merveilleux. Tous mes vœux, à tous les deux.

Cela devait aller, parce qu'il m'a lancé un sourire « merci, papa ».

— Vous allez vous marier à Hartley ? Il le faut…

— Père ! Ils viennent tout juste d'annoncer leurs fiançailles. Les parents d'Anna ont peut-être une idée sur la question. C'est aux parents de la mariée…

— Oh, je sais bien. Mais la mère d'Anna vit aux Etats-Unis, alors, je pensais…

— Ça va être très amusant, de préparer tout cela, dit Ingrid. Quand pensez-vous vous marier, exactement ? Vous avez fixé une date ?

— Pas encore.

— Dès que possible, dit Martyn. Nous pensions dans trois mois, si tout le monde est d'accord.

— Trois mois ! C'est rapide ! s'exclama Ingrid, qui songeait déjà aux préparatifs.

— En fait, nous ferons sans doute une petite cérémonie, quelque part. Anna a horreur des grands mariages.

— Ah bon ? dit Ingrid, tentant de cacher sa déception.

— Dans l'intimité, avec la famille…

— La famille ! Grands dieux ! Il faut l'annoncer à vos parents, dit Ingrid. Et nous devons les rencontrer bientôt.

— Je vais les appeler, si vous voulez bien, dit Anna à Edward.

— Bien sûr, bien sûr.

— Je voulais observer les traditions. Demander sa main… Mais Anna pensait que c'était inutile. Alors, voilà, grand-père, nous perturbons ton anniversaire.

— Effectivement, dit un Edward faussement fâché. Et je n'ai même pas ouvert mes cadeaux ! Bon, terminons le pudding, et nous prendrons le champagne au salon. Ensuite, le jeune couple pourra téléphoner dans mon bureau.

En passant devant moi, Anna croisa mon regard. Je fus heureux de constater qu'elle avait l'air triste.

Je bus un whisky et observai le champagne ajouter à la gaieté ambiante. Le whisky est une boisson réconfortante. Personne ne peut boire du champagne au cœur d'une défaite. Après cette défaite, il n'y aura plus d'échappatoire pour toi, pensai-je. Je n'éprouvais ni colère ni haine. L'acceptation simplement, la résignation à la douleur. J'avais confiance en Anna. Elle avait confiance en moi. Si nous voulions tout… toujours, c'était la meilleure manière. Sa manière.

Observer la joie des autres, dans la souffrance, c'est voir ce qui ressemble à de la folie s'emparer de gens ordinaires. Toutes mes années d'observateur silencieux m'avaient mal préparé à la solitude sauvage que je ressentais ce jour-là. M'accrochant à l'espoir d'Anna, je devais la regarder s'éloigner, de plus en plus loin. Incapable de lui crier : « Au secours, au secours, je ne peux pas », j'essayais de paraître jovial. J'acceptai les remerciements d'Edward pour notre cadeau — Ingrid avait commandé une prise de vue aérienne de Hartley — et je me laissai bercer par le rythme des questions et des réponses sur le futur mariage de mon fils. Piégé, je ne pouvais manifester aucune crainte. Si j'échouais, je provoquerais ce que je redoutais le plus, la perte d'Anna. La douleur entre mes omoplates s'enfonçait plus profond. Le whisky exacerbait toutes mes perceptions visuelles. J'étais impatient de le voir estomper les contours.

Martyn et Anna allèrent dans le bureau téléphoner aux parents. Quelques minutes plus tard, Martyn revint.

— Maman, cela serait gentil si tu allais parler à la mère d'Anna. Tu as toujours excellé dans ce genre de choses. Wilbur se rappelle à ton bon souvenir, papa. Nous pourrions bavarder un peu, tous les deux ?

— Hum. Bien sûr.

Gênés, mon fils et moi allâmes vers la prairie.

— C'est bizarre de repenser à tous ces étés à Hartley. Avant Anna. J'ai du mal à penser à ma vie avant elle. Et pourtant, cela fait si peu de temps que nous sommes ensemble. Je suppose qu'on ressent tous la même chose, quand on est amoureux.

— Oui, sans doute.

— Je sais que toi et maman vous avez eu des doutes. Maman surtout. Elle n'a jamais vraiment rien dit, mais je le sentais. Je le comprenais aussi.

— Ah bon ?

— Oui, Anna est un peu plus âgée. Ce n'est pas le genre de filles que j'amenais à la maison avant, dit-il en riant.

— Oui, et comme tu le dis, tu nous en as amené quelques-unes !

— Ça vous choquait ?

— Non, non. Pas du tout.

— Vous étiez toujours si corrects. Oh, sans être puritains..., dit-il à la hâte. Mais tu sais, elles étaient toutes... merveilleuses.

— Elles étaient très séduisantes. Toutes des blondes, comme ta mère l'a fait remarquer.

— Oui, j'étais attiré par les blondes. C'est une drôle de conversation avec son père, mais je me sens plus proche de toi aujourd'hui que jamais. J'avais l'impression d'être un prince pendant toutes ces années. Ce n'était pas simplement pour le sexe. C'était une sorte de folie furieuse.

— Qui a pris fin avec Anna.

— Oui. Anna est toute ma vie. Je crois que je suis sous le charme. C'est quelque chose de très puissant. Cela a été dur pour moi de faire attention. De bien jouer, de ne pas la perdre. Elle est très compliquée. Elle croyait que je ne m'en tirerais pas au début. Maintenant, elle me fait confiance.

— Et pourquoi est-elle si compliquée ?

— Elle a eu une relation très difficile avec son frère. Il est mort, maintenant. Ensuite, ses parents ont divorcé. Et pendant longtemps elle a eu une liaison avec un homme... Cela n'a pas très bien marché.

— Qu'est-il arrivé à son frère ? demanda le mauvais père.

— Une horrible tragédie, répondit le bon fils. Elle n'en parle pas beaucoup.

— Et avec qui a-t-elle eu cette longue relation ?

— Il s'appelait Peter. Je crois qu'ils ont failli se marier. Elle a eu quelques aventures aussi... tu sais...

— Oui, c'est un peu normal. Elle a trente-deux, trente-trois ans ?

— Hum. Elle est hypersensible. Elle a horreur d'être emprisonnée. Il faut faire très attention. Lui laisser beaucoup de liberté, mais être là quand même. (Il marqua une pause délibérée.) Nous n'avions jamais parlé comme ça avant, si ?

— Non.

— Je suppose que me fiancer, surtout avec quelqu'un comme Anna, me fait me sentir... plus mûr ? Cela te semble présomptueux ? demanda-t-il en souriant.

Sa beauté, sa stature, sa joie, le tout combiné le faisait ressembler à un jeune dieu marchant vers un avenir doré. J'avais l'impression d'être le lourd serviteur, condamné à regarder le soleil briller avec de plus en plus d'éclat sur l'enfant élu.

Martyn me toucha l'épaule.

— Je voulais m'excuser. A propos de ce que j'ai dit hier sur l'anarchie et la passion. C'était stupide. Tu as toujours été un père merveilleux. Un peu distant, mais c'était à cause de ton travail, et de toutes tes obligations. De toute façon, tu ne m'as jamais abandonné. Et puis, si tu avais été très proche de moi, et que tu t'étais senti très impliqué, cela m'aurait sans doute horriblement déplu. Je voulais aussi te remercier pour le fonds. Je suis sûr que c'est toi qui as conseillé les grands-parents quand ils y ont songé. Cela m'aidera beaucoup. Anna et moi, nous allons nous mettre en quête d'une maison la semaine prochaine. Anna est riche, tu sais, mais je voulais qu'on s'installe quelque part. C'est important. Alors, elle va vendre sa maison, et moi, l'appartement. Avec le fonds, nous pourrons acheter une maison correcte. Mon Dieu, je suis vraiment heureux. Je n'étais pas sûr qu'elle dirait oui. La vie est vraiment fantastique !

— Oui.

— Tu éprouvais la même chose quand vous vous êtes fiancés avec maman ?

— Quelque chose dans ce goût-là.

Je me sentais mal. Il fallait que je change de sujet de conversation.

— Que penses-tu de Sally et Jonathan ?

— Ils ont l'air sérieux, tous les deux. J'ai rencontré quelqu'un qui travaille avec eux. Il paraît que Sally s'en tire très bien. Je crois que je l'ai toujours sous-estimée.

— Les frères sont souvent comme ça.

— Oui.

Il nageait dans le bonheur. Sally, Jonathan, sa mère et moi étions transfigurés, par sa joie, en des personnages plus parfaits que nous ne lui avions jamais semblé.

— Maman est tellement gentille ! Je sais qu'elle s'inquiétait plus que les autres. J'ai cru qu'elle ne se dégèlerait jamais avec Anna. Mais elle est gentille et intelligente, et, une fois qu'elle a compris que c'était inévitable, elle s'est montrée très amicale. Elle est vraiment merveilleuse, tu ne trouves pas ?

— Oh que si !

Il regarda sa montre.

— On ferait mieux de rentrer. Merci pour tout, papa. Allez, l'avenir nous attend !

29.

— Alors, elle l'a eu ! Je savais qu'elle l'aurait !

— Ingrid ! C'est Martyn qui est fou amoureux !

— Oh, je sais. Je te l'ai dit tout de suite. Mais elle le voulait, elle aussi. Il lui convient.

— Alors, tu es contente ?

— Pas exactement. Mais je m'incline devant l'irrémédiable, dit-elle en soupirant. Je suppose que toutes les mères se sentent un peu possessives quand leur fils se marie. Quoi qu'il en soit, je ne vais pas y gagner une fille. Toi non plus, d'ailleurs.

— Mais, qu'est-ce que tu veux bien dire ?

— Oh, tu sais... perdre un fils... gagner une fille. Anna n'a pas l'intention d'avoir une vraie relation avec moi, ni avec toi, pour ce que cela a d'importance. Mais si l'histoire de Sally se termine comme je pense, Jonathan sera comme un fils.

— Hum. Peut-être.

— Le père d'Anna a l'air sympathique. La mère était un peu froide, j'ai trouvé. C'est bizarre que Martyn ne les ai jamais rencontrés. Enfin, tout s'est passé si vite...

— Nous connaissons Wilbur.

— Exact. Le mariage aura lieu en juin. Dans trois mois, à peine. Le père d'Anna va venir à Londres. Il nous a invités à déjeuner la semaine prochaine. Je pense que nous rencontrerons la mère juste avant le mariage. Je dois avouer que je suis impatiente de savoir comment tout cela tournera. Pas toi ?

— Si.

Tout s'éloigne de moi, à toute vitesse, pensai-je sur la route de Londres. J'avais courbé l'échine, j'étais devenu une victime et je ne pouvais plus qu'observer et souffrir, aimer et attendre patiemment les instants partagés avec Anna. Après tout, songeai-je amèrement, ça ressemble toujours plus à une vie qu'avant.

30.

Charles Anthony Barton, le père d'Anna, était exactement le genre d'Anglais immédiatement reconnu par tous comme un gentleman. Les Italiens, les Français et les Allemands ont leurs aristocrates, mais un vrai gentleman anglais adhère à un code moral, subtilement mis en pratique derrière un écran de parfaites bonnes manières. Ce fut un tel homme qui vint nous accueillir au Claridge.

— Je suis vraiment désolé que mon épouse n'ait pu venir. Notre fille est légèrement souffrante.

Je me souvins de la fille du second mariage. Nous nous excusâmes pour l'absence de Sally. Ses nouvelles fonctions de direction exigeaient des déjeuners d'affaires.

— Asseyez-vous, je vous en prie. Qu'aimeriez-vous boire, Ingrid ? Puis-je vous appeler Ingrid ? Un peu de champagne, peut-être ?

— Bien volontiers.

— Du whisky pour moi, merci.

Anna et Martyn arrivèrent. Elle déposa un rapide baiser sur la joue de son père.

— Père, voici Martyn.

Charles Barton se tourna vers mon fils. Il sursauta comme si on venait de le frapper au visage, mais il se reprit aussitôt.

— Je suis enchanté de faire votre connaissance, Martyn.

Il regarda Anna.

— Tu nous avais bien caché ce jeune homme. Je suis très heureux pour vous deux.

Nous nous assîmes lentement.

— Monsieur, je suis mort de honte. J'aurais dû braver la nuit pour aller vous demander la main de votre fille. Mais je me suis donné tellement de mal pour qu'Anna me réponde oui que j'en ai oublié tout le reste. Pardonnez-moi, je vous prie.

— Quel adorable discours ! Bien sûr, que vous êtes pardonné. Je ne m'étais jamais attendu à une telle demande.

Il avait retrouvé son calme et étudiait attentivement Martyn.

— Anna, je vois que tu as de la chance.

— Père, c'est à Martyn que vous devriez dire combien il a de la chance.

— De toute évidence, il le sait déjà.

Le maître d'hôtel apparut. Nous passâmes la commande. Nous échangeâmes les plaisanteries d'usage, uniques à chaque famille et communes à toutes. Au fur et à mesure que le repas s'écoulait, je m'aperçus, que, malgré toute sa gentillesse, le père d'Anna n'aimait guère sa fille.

Quand ils s'embrassèrent pour se dire au revoir, il la prit quelques secondes par le bras et lui murmura quelque chose à l'oreille. J'entendis sa réponse.

— Non, je ne trouve pas. Pas à ce point-là.

En se rendant compte que je la regardais, Anna se tourna vers Ingrid.

— Mon père trouve que Martyn ressemble beaucoup à mon frère, Aston.

— Anna !

Choqué, son père recula d'un pas et heurta Martyn qui retint sa chute.

Ils se regardèrent.

— Cela a dû vous faire un choc terrible... cette ressemblance... si elle est...

Martyn s'arrêta, bouleversé.

— Vous avez un fils adorable, dit Charles Barton à Ingrid. Pardonnez-moi d'avoir semé une ombre en une si heureuse occasion. Ce n'est qu'une vague ressemblance. Anna n'aurait pas dû répéter mes propos. Excusez-moi, j'ai un rendez-vous. Nous nous reverrons bientôt. Au revoir, Martyn. Je suis très heureux, honoré même, de penser à vous comme à mon gendre. Au revoir, Anna. Sois heureuse, ma chérie.

Il me serra la main. Il nous quitta, plus fragile, plus vieux qu'une heure auparavant...

— Anna, Martyn m'a dit qu'Aston est mort très jeune, dit Ingrid doucement. S'il y a une ressemblance, cela a dû causer un horrible choc à votre père. Ils se ressemblent beaucoup ?

— Non, pas vraiment. Peut-être, oui, de loin, il

y a une légère similitude. Martyn a un teint très particulier. Aston aussi.

— Comme vous, d'ailleurs, dit Ingrid.

— Oui, mais ce n'est pas aussi rare chez une femme.

— Eh bien, je peux dire que c'est impressionnant malgré tout, ma chère.

Ingrid était troublée. De nouveau, Martyn, le conciliateur, intervint.

— Maman, nous devons aller voir une maison. Tout va bien. Ne laissons pas tout cela nous détourner de notre but. Maman est blonde au teint clair, et papa, du genre noiraud.

— Je te remercie.

— J'ai la peau claire de maman et tes cheveux noirs. Cela n'a rien de si exceptionnel, si ?

— Bien sûr que non, le père d'Anna a été bouleversé, c'est tout.

— Pauvre Anna ! Allez, la chasse aux petites annonces nous attend. Une jolie petite maison avec beaucoup de souvenirs heureux.

Ingrid et moi restâmes seuls. Nous commandâmes un autre café.

— Chaque fois que j'ai l'impression que tout va s'arranger, il y a chez cette fille quelque chose de bizarre ou de déroutant qui me glace le cœur. Il y a des gens comme ça, innocents à leur manière, qui provoquent des ravages. Anna en fait partie. Elle va faire du mal à Martyn, j'en suis certaine. Ma première impression était la bonne. C'est toujours comme ça. Oh, mon Dieu, pourquoi ne suis-je pas intervenue plus tôt ?

— Franchement, Ingrid, qu'est-ce qui te met dans un tel état ? Son père a remarqué une légère ressemblance avec le frère d'Anna. Il n'y a rien de si terrible.

Le calme et le réconfort des autres est toujours le meilleur antidote à sa propre panique.

— Qu'est-il arrivé à ce garçon ? Je suis sûre que tu connais toute l'histoire. Martyn t'a tout raconté. Pas vrai ?

— Non.

— Il y a eu un drame. Auquel elle est liée.

— Ingrid, notre fils va épouser une femme jeune, belle et intelligente. Son père est fort agréable. Son beau-père est charmant. Nous n'avons pas encore rencontré la mère, mais je suis certain qu'elle nous plaira beaucoup. Son frère est mort très jeune. Anna est un peu compliquée, et ce sera peut-être une belle-fille un peu moins facile que nous l'aurions espéré. Mais c'est tout. Maintenant ça suffit. Tu te fais du souci pour rien.

— Tu as peut-être raison. Mais cela a confirmé toutes les réticences que j'avais à son égard.

— Justement ! Si tu l'avais acceptée un peu mieux dès le début, cet incident n'aurait pas eu la moindre importance.

— Hum.

Mais derrière mes mots se cachaient mes craintes rampantes. Quel danger resurgissait ? Soudain, un sentiment de peur pour ma famille m'envahit. Menteur ! criait le policier de mon cœur. Menteur ! La seule peur qui te ronge, c'est celle de la perdre. Tu ne peux pas gagner ouvertement, chaque jour qui passe te le clame de plus en plus clairement. Mais tu t'obstines. Car tu sais qu'il n'y a pas de vie sans elle.

Je souris à Ingrid, et, avec force paroles de réconfort, je la guidai sur la route de l'enfer.

Je nous vis dans un miroir en traversant le hall, une blonde élégante d'un certain âge, et son compagnon, vaguement familier peut-être, bien habillé, avec un bon et solide visage. De mon âme vile, pas l'ombre d'une trace.

31.

— Cela a été une bonne journée pour les amoureux hier. Ils ont trouvé la maison de leurs rêves.

— Bien.

A présent, chaque jour me révélait ma trahison et ses armes désespérées avec une féroce clarté.

Ce soir-là, je le savais, la tranquillité morose du dîner dissimulait la colère d'Ingrid.

— J'ai appelé Martyn aujourd'hui. Il n'a guère apprécié mes questions, mais pour une fois je me suis montrée pressante. Je ne suis pas comme ça d'habitude, n'est-ce pas ?

— Non, en général, tu es très discrète.

— Il va louer son appartement à un de ses collègues, il dit que cela leur permettra de couvrir leurs dépenses. Anna met sa maison en vente immédiatement. Apparemment, elle partira facilement. Martyn a l'intention d'utiliser une partie du fonds pour couvrir les frais de la nouvelle maison. Elle est restée inhabitée pendant quelques mois et il y a des travaux à faire. Ils emménageront une fois que tout sera terminé. Ils veulent une petite cérémonie familiale tranquille à la fin du mois prochain. Quelque chose de discret, rapide, presque clinique. Alors, pas de noces à Hartley. Un mariage civil, et un repas de famille. Ils n'en démordent pas. La mère d'Anna arrivera une semaine avant le mariage. Au moins, nous pourrons la rencontrer avant. Il faudra l'inviter à dîner ou à déjeuner. Espérons que Sally sera plus respectueuse des traditions. En plus de toutes mes inquiétudes, je me sens lésée.

— Sally fera exactement ce que tu désires. C'est un véritable trésor. Une jeune fille intelligente, jolie, très conventionnelle.

— Encore une chance pour Sally. Martyn a tellement changé, tu ne trouves pas ? Il n'est plus comme avant. Oh, ces allées et venues continuelles de blondes ! La brigade du dimanche matin !

— C'est fini pour de bon.

— Oui, Anna leur a donné le baiser de la mort.

La phrase resta suspendue dans l'air une seconde de trop.

— Je lui ai posé des questions sur Aston.

— Oui ? Qu'a-t-il dit ?

— Il a dit que c'était une triste histoire, qu'Anna lui avait raconté il y a très longtemps qu'Aston s'était suicidé. Il était affreusement jeune, d'après ce que j'ai compris. J'ai lu un article un jour, ce n'est pas si rare. Oh ! mon Dieu, je ne voudrais pas parler comme ça, mais...

— Je comprends ce que tu veux dire. Cela n'a

rien d'exceptionnel. La puberté, l'aube de l'adolescence… C'est difficile parfois pour les garçons.

— A la fin de la conversation, Martyn était plutôt en colère contre moi. Un peu du genre : « C'est ma vie, je sais ce que je fais. » Anna m'a remplacée. C'est elle sa première priorité à présent…, c'est normal.

Elle me regarda d'un air intrigué.

— Nous vivons des moments troublés, tu ne crois pas, toi et moi ?

— Un peu. Ça passera.

— Si je ne te connaissais pas si bien, je pourrais être persuadée que tu as une aventure.

— Ah, oui ? J'en suis presque flatté.

— Il n'y a pas de quoi. Je ne le supporterais pas. Vraiment pas, dit-elle, un éclair de défi dans les yeux.

— Eh bien ! me voilà prévenu.

Je n'ai pas d'aventure, murmurait ma voix intérieure, non, ce n'est pas une aventure. Je suis englouti, corps et âme. Toute mon existence est vouée à une seule chose, les moments passés avec Anna. Avant elle, ma vie n'était qu'un leurre efficace, dans lequel toi, Ingrid, tu jouais ton rôle. Il n'y aura plus de vie après Anna. Plus de vie.

Souriant, m'apitoyant sur mon sort, j'allai travailler une heure dans mon bureau. Je voulais laisser à Ingrid le temps de se coucher et de s'endormir, sans autre conversation. Un nouveau rituel s'instaurait. Dans les premiers jours, il exigeait une discipline de fer.

J'appelai le lendemain.

— Anna, il faut que je te voie.

— Je sais. J'allais t'appeler.

— Chez toi ? Trois heures et demie ?

— Oui.

Elle ouvrit la porte et je la suivis dans la chambre. Du tiroir de la table de chevet, elle sortit une photographie encadrée d'un jeune homme. Un visage long, angulaire, presque sinistre, me regarda. La ressemblance avec Martyn ne faisait aucun doute, mais, comme le disait Anna, elle était légère.

— Tu vois, ce n'est rien. Rien du tout.

— Pourquoi as-tu répété la remarque de ton père à haute et intelligible voix ?

Elle rangea la photographie dans le tiroir et le referma soigneusement.

— J'étais furieuse. Vraiment furieuse. Il aurait dû se taire.

— Tu avais remarqué la ressemblance quand tu as rencontré Martyn pour la première fois ?

— Oui, bien sûr. Bien sûr. Pendant une seconde...

— Est-ce que cela a compté ? Dans ton attirance pour Martyn ?

— Non. Non. Je veux mener une vie normale de femme mariée avec lui.

— Drôle de façon d'exprimer les choses.

— Tu m'épies. Mais moins qu'avant. Tu changes.

— Je porte mon fardeau. Moi aussi, j'ai choisi ma vie et la façon dont je voulais la vivre.

Elle approcha son visage du mien et murmura

« Tout, toujours ». Tous ses traits, grossis par cette proximité, presque laids, me dévoraient. Nous roulâmes tout autour de la pièce, contre le bois, le verre, le velours. Ce jour-là, je fus obsédé par l'idée que, dans le creux de ses reins, j'allais trouver un passage secret. Enfin, son visage écrasé contre les motifs du mur soyeux, mon ventre contre ses reins, nous restâmes immobiles. Après le moment d'extase, son visage reprit ses traits habituels. Et tout ce que j'étais et que je serais jamais me fut à nouveau révélé.

— J'ai un cadeau pour toi, me dit-elle au moment du départ en me tendant une petite boîte. Je tiens mes promesses, n'oublie pas. (Elle me ferma la main sur la boîte.) Ça fait un moment que je prépare ça.

Elle ouvrit la porte et je sortis.

J'allai dans un café. J'avais besoin d'être assis quelque part, tranquille, pour ouvrir la boîte. Elle contenait deux clés. Appartement C. 14, Welbeck Way, W 1. Je hélai un taxi et y arrivai quelques minutes plus tard.

La façade imposante de l'immeuble ancien ouvrait sur un hall de marbre vert sombre, qui montait vers des galeries protégées par des balustrades sculptées. Le petit dôme de vitrail diffusait une inquiétante lumière sur le marbre, le bois et les murs vert pâle. Sur les paliers, deux portes se faisaient face de chaque côté de la cage d'escalier.

En fait, l'appartement consistait en une grande pièce unique, avec une salle de bains et une cuisine. La pièce était peu meublée, une grande table, quelques chaises et, dans un coin, un grand lit, une petite table de verre sous une étagère vide. Il y avait un mot sur la table.

« Cette pièce ne sera que pour nous. Un monde à l'intérieur d'un monde. Je viendrai pour connaître vos désirs. Car dans ce monde que j'ai créé, vous êtes le maître et moi l'esclave. Je vous y attendrai aux moments que vous choisirez. Obéissante, je serai toujours là. »

A côté de la lettre se trouvait un journal, relié de cuir, une plume et un encrier à l'ancienne. Le journal s'ouvrit à la date du jour. Un long ruban vert était plié sur la page où était écrit : « Et il entra dans son royaume. » Je feuilletai les pages vides et trouvai une inscription, dix jours plus tard, qui disait : « Anna attend. Midi à 14 heures. »

J'allai à la salle de bains. Elle était remplie de savons, de brosses à dents, de dentifrice, de mouchoirs en papier, de serviettes. Dans la cuisine, il y avait deux tasses et deux soucoupes, deux verres, du thé, du café et du whisky. Le réfrigérateur ne contenait que des bouteilles d'eau. Je cherchai les couleurs. La moquette du couloir était lie-de-vin. Pas de rideaux, simplement un store sombre sur la grande et unique fenêtre qui donnait sur un carré de vert. Je tirai le store et une semi-obscurité tomba sur moi. Je chérissais mon royaume. J'étais heureux.

Je fermai le journal avec le ruban vert, et y glissai un mot : « Ouvert le 20, entre midi et 14 heures. »

Je sortis.

Plus tard, ce même soir, après un dîner dominé par une conversation sur le futur mariage, Ingrid et moi nous retirâmes dans nos abris respectifs, le bureau pour moi, la chambre pour elle. Installé à ma table de travail, je sentais les clés dans ma poche, tel un misérable qui touche le joyau qu'il vient de voler. Le joyau qui transformera sa vie.

Mes journées étaient remplies des réunions de la Commission, et mes nuits de bribes d'information sur le mariage, la réception, la lune de miel. Oh, la manière attrayante, efficace et futile dont nous nous lions, l'homme et la femme. Afin d'éviter le seul lien qui importe.

Et, le jour prévu, entre midi et deux heures, je glissai la clé dans la porte de mon royaume. Anna, réelle et somptueuse, était allongée sur le sol, son journal sur le ventre. Elle sourit en me voyant défaire le ruban.

Au moment de se séparer, elle écrivit dans le journal. Je vis l'heure, quatre à six, et le jour, la veille du mariage. Elle prit un nouveau ruban, un bleu, et l'enroula plusieurs fois autour du journal. « Tout, toujours. Souviens-toi », dit-elle en me caressant le visage.

32.

Anna et sa mère, Elizabeth, se trouvaient l'une à côté de l'autre sur le divan de notre salon. Anna était calme, maîtresse d'elle-même. Sa mère était petite, avec des allures d'oisillon. Les cheveux et les yeux noirs, dont Anna avait hérité, formaient un contrepoint troublant à tout ce qui les opposait.

Il émanait d'elle un air las de vicacité bien rodée. Il me semblait que seule l'habitude lui donnait ce sourire faussement éclatant, cette attitude trop rapidement chaleureuse.

Oui, son voyage avait été épuisant. Mais un événement merveilleux l'attendait. Elle répondit à mes questions sur le vol. Puis elle se tourna vers Ingrid.

— Vous aimez voyager, Ingrid ?

— Non, pas vraiment.

— Wilbur arrive jeudi.

Il lui avait tout dit sur Martyn et sa merveilleuse famille. Caressant la main d'Anna, elle ajouta :

— Anna n'écrit pas assez souvent ; n'est-ce pas, Anna ?

— Non.

— Les coups de téléphone sont moins personnels, contrairement à ce qu'on pense généralement. Je me révèle plus facilement dans les lettres. Mais Anna ne révèle jamais grand-chose d'elle-même, de toute façon. Elle a toujours été secrète ; c'est vrai, ma chérie ?

De nouveau, elle caressa la main d'Anna.

— Tu sais, même quand vous étiez petits, toi et Aston... (Elle prononça ce nom comme s'il lui était légèrement étranger), vous étiez déjà très secrets. Vous savez sûrement, pour Aston, Martyn ? Vous lui ressemblez un peu. Anna vous l'a dit ?

A présent, la remarque paraissait innocente. Elizabeth lança un regard nerveux à Martyn.

— Oui, effectivement, Anna m'en a parlé, répondit Martyn, la voix pleine de gentillesse.

— Quand ils étaient petits, j'étais sûr qu'Aston et Anna avaient formé une petite société secrète. Ils avaient des mots de passe, d'étranges signaux... difficiles à comprendre pour les parents, exprès.

Rayonnante, elle regarda Anna.

— Tu étais très vilaine, quand tu étais petite.

— Vilaine ? s'exclama Martyn en riant. Je n'arrive pas à y croire !

— Oh, si, vraiment vilaine. J'aime me souvenir de cette époque, mais cela me rappelle des choses bien tristes.

Il y avait chez elle une vulnérabilité, une douceur, toujours séduisantes. Deux hommes très intelligents l'avaient épousée. Sa vivacité, sa joliesse, son petit corps élégant devaient être éblouissants, autrefois. Son visage avait dû passer du charme de la jeunesse à une version fanée d'elle-même, des années plus tard, dépourvue de la sagesse ou de la connaissance de soi qui aurait pu la rendre belle dans la maturité. A mon avis, c'était une femme pas très intelligente qui n'avait vraiment pas su comment s'y prendre avec ses enfants. Soudain, je me mis à détester Aston, et je ne pouvais pas m'attendrir sur l'image d'Anna enfant. Peut-être était-ce là la grande force de sa mère. Elle attirait la pitié. Tandis qu'elle continuait à bavarder, détruisant joyeusement sa fille, c'était Anna, silencieuse à côté d'elle, qui semblait être la coupable.

— Mais c'est un moment merveilleux. Je suis si contente pour Anna. Alors, dis-moi, où passerez-vous votre lune de miel ?

— Nous irons une semaine à Paris.

Sa mère parut inquiète.

— Oui. Paris a toujours été ta ville préférée. Vous aimez Paris, Martyn ?

— Beaucoup. C'est l'idée d'Anna. Je dois dire que je brûle d'impatience. Nous y sommes déjà allés. Mais nous n'avons pas eu de chance car Anna était souffrante. Nous avons dû rentrer plus tôt que prévu.

— Oh, mon Dieu. Et Paris te rappelle de si bons souvenirs, Anna, ma chérie ?

Elle regarda Anna qui trahissait à présent une sombre colère.

— Oui.

— Pourquoi ? demanda Ingrid.

— La première aventure d'Anna (elle semblait choisir les mots soigneusement), c'était à Paris. Nous avons quitté Rome après... la tragédie, et nous avons passé un moment à Paris. Peter venait juste d'y commencer ses études, il y vit toujours d'ailleurs. Il est marié à présent. Pauvre garçon... un véritable désastre. Sa mère m'a dit qu'il venait souvent à Londres. Il vient juste de vendre le petit appartement qu'il y avait. Vous l'avez déjà rencontré ? Je trouve ça si agréable quand il reste une amitié une fois l'histoire terminée. Vous ne croyez pas ? demanda-t-elle en se tournant vers Ingrid.

— Mère..., je vous en prie ! interrompit Anna.

— Oh, mon Dieu ! Ai-je commis une indiscrétion ? Anna, on dirait que tu es fâchée contre moi.

— Non, mère, pas fâchée.

— Martyn, je suis sûr que vous avez eu des aventures avant Anna.

— Quelques-unes.

— Toutes des blondes, dit Sally qui venait d'entrer. Des centaines de blondes qui ont défilé dans cette pièce même. Mon cher frère était un véritable don Juan.

— Mais cette époque est révolue, je vous assure, dit Martyn en souriant à Elizabeth. Nous sommes très heureux.

— Oh, cela se voit ! Anna, tu as beaucoup de chance. Oh, voyons, cesse d'être en colère. La mère de Peter et moi, nous sommes toujours amies. C'était une remarque parfaitement anodine.

— Que fait Peter ? demandai-je.

— Après trois générations de fonctionnaires, il a

surpris tout le monde en devenant psychiatre. Son cabinet marche très bien à Paris. Le français n'est pas sa langue maternelle. Il dit que parfois la discipline d'une langue étrangère révèle la vérité plus clairement. Mon Dieu, on croirait entendre Wilbur ! s'exclama-t-elle en riant.

— Pourquoi venait-il si souvent à Londres ?

— Le travail, j'imagine. Je ne sais pas vraiment. Je n'y pense que parce que la dernière lettre de sa mère me disait qu'il avait vendu son appartement de manière inattendue et...

Anna se leva. Avec un « Excusez-moi » tranquille, elle sortit de la pièce. Il y eut un silence embarrassé.

— Oh, mon Dieu, je n'aurais jamais dû me lancer dans cette conversation. C'est totalement dépourvu d'importance ! Cela n'a jamais cessé de me surprendre de voir Anna si secrète.

— C'est peut-être une défense, dit Martyn.

— Contre quoi ?

— Je me le demande.

Bravo, Martyn. Tu vois à travers elle, toi aussi, cette mère fatale qui se révèle lentement. Rien d'étonnant à ce que Aston et Anna se soient renfermés sur eux-mêmes dans leur petit monde secret. Et après la mort d'Aston, pas étonnant qu'ils se soient tous séparés... incapables d'éviter la saignée, de se libérer de la culpabilité, d'affronter leurs responsabilités individuelles. Alors, le silence, la séparation, la tristesse étaient devenus un mode de vie. Il y avait eu de nouveaux mariages, de nouvelles vies, de nouvelles amours, pour les emporter au loin, loin du passé. Mais ils étaient tous emprisonnés, tous, dans les souffrances non résolues d'antan.

La soirée s'acheva, laissant tout le monde moins heureux qu'au début. Tandis que Martyn faisait démarrer le moteur et qu'Anna tenait la porte pour Elizabeth, j'accompagnai la mère d'Anna dans la petite allée menant à la voiture. « Quel est le nom de famille de Peter ? » demandai-je d'une voix calme, estimant soigneusement la distance qui me séparait de Martyn et d'Anna. J'ai un ami à Paris qui a de sérieux problèmes.

— Calderon. Le Dr Peter Calderon. Il est dans l'annuaire. Ne dites pas à Anna que je vous l'ai dit. Elle serait furieuse. Wilbur y a envoyé un ami écrivain, un jour. Il l'a beaucoup aidé.

Nous nous fîmes nos adieux devant la voiture.

— A samedi.

Ils s'éloignèrent.

— Etrange femme. C'est l'opposé d'Anna. Qu'en pensez-vous ? demanda Ingrid.

— Je l'aime assez, dit Sally. Elle est plus ouverte et plus avenante qu'Anna.

— C'est le moins qu'on puisse dire. Alors, maintenant, nous les avons tous vus. La mère, le père, le beau-père, pas encore la belle-mère. J'imagine que j'ai une plus grande famille maintenant. Cela ne se sent pas. Cela ne se sentira sans doute jamais, dit Ingrid en soupirant. Cela sera différent avec Jonathan. Nous connaissons déjà les Robinson. Y a-t-il un autre mariage à l'horizon ? plaisanta Ingrid.

— Eh bien, on ne m’a pas encore posé la question.

— Ça viendra. Ça viendra. Et autant te le dire tout de suite, je veux un grand mariage, à Hartley. Promets-le-moi, dit Ingrid en prenant une Sally rougissante dans ses bras.

— Je te le promets, maman, je te le promets.

Sur les pensées de mariage, d’enfants, de mères et de pères, nous mîmes fin à la journée. Séparément, nous allâmes retrouver notre chambre et notre sommeil.

33.

— Docteur Peter Calderon ?

— Oui.

— Je suis un ami d'Anna Barton. J'aimerais vous voir.

— Pourquoi ?

— Je crois que cela pourrait être utile.

— A qui ?

— A moi.

— C'est Anna qui vous a dit de m'appeler ?

— Non.

— Quel genre d'ami êtes-vous ?

— Je suis le père de Martyn.

Il y eut un léger silence.

— Ah, Martyn. Anna m'a fait part de sa décision de se marier.

Les mots « décision de se marier » paraissaient maladroits et étrangement guindés.

— De toute évidence, ce n'est pas un appel professionnel. J'aimerais simplement vous dire que je souhaite beaucoup de bonheur à Anna et à Martyn. Je crois que nous devrions en rester là. (Il marqua une pause.) Je ne vais plus à Londres. Anna vient rarement à Paris.

— Anna est une de vos patientes ?

— Je n'ai pas à répondre à cette question, mais je le ferai quand même. Non.

— Mais vous la comprenez différemment des autres, de par votre formation ?

— Pas vraiment. Je dirais que la personne qui comprend le mieux Anna est l'homme qui va l'épouser. Votre fils. Je crois savoir qu'il lui autorise ses mystères, ses secrets et peut-être ses autres amours.

— Ses autres amours ?

— Oui, toujours.

Nouveau silence.

— Anna ne vous a jamais parlé de moi ?

— Pourquoi l'aurait-elle fait ? Je ne suis que le père de Martyn.

— Apparemment, vous n'êtes pas un père comme les autres. Mais votre fils non plus n'est pas comme les autres. Et cette conversation est bien étrange. Anna provoque d'étranges conversations, dit-il en soupirant.

— Pourquoi n'avez-vous pas épousé Anna ?

— Oh, mon Dieu. Dois-je vraiment répondre ? Je ne pouvais pas lui donner ce dont elle avait besoin.

— C'est-à-dire ?

— La liberté. La liberté de rester liée éternellement à ceux qu'elle aime, à tous ceux qu'elle aime. Cela demande une grande force de caractère, beaucoup d'intelligence, et naturellement beaucoup d'amour.

— A moins qu'il suffise de refuser de voir la vérité en face.

— Oh, j'ai l'impression que votre fils affronte calmement un certain nombre de vérités. En fait, j'en suis sûr.

— Pourquoi ?

— Parce que Martyn et moi nous nous sommes rencontrés.

— Quand ?

— Je n'en dirai pas plus.

— Pourquoi ne me l'avez-vous pas dit dès le début ?

— Qui sait comment une conversation va se terminer. Comme la nôtre ? Sur un autre mystère qui, après enquête, révélera une autre vérité dissimulée ? Pas étonnant que mon métier me donne tant de satisfactions. Maintenant, au revoir. Bonne chance à vous et à votre fils. Ne me rappelez jamais, s'il vous plaît.

Martyn, toujours aussi intelligent ! Alors tu es allé voir Peter Calderon avant moi ? Et que t'ont apporté toute ton intelligence et tout ton amour ? Même pas Anna tout entière. Moi, j'ai Anna tout entière, quand elle vient vers moi. Peut-être qu'en vérité je ne veux pas le reste de son temps et de sa vie. Pourquoi demander plus ? Peter a voulu plus et a tout perdu. L'appartement de Welbeck Way était à lui, bien sûr, je le comprenais à présent.

Cela aurait dû avoir de l'importance. Cela n'en avait pas.

34.

Trop épais pour être gracieux, mon corps manque d'élégance. Je m'habille avec soin. Je me présente au monde en costume de flanelle anthracite, chemise blanche, et cravate bordeaux (je les commande par douzaines), mon attirail d'homme élégant. Je me suis toujours habillé ainsi. Mes tenues de week-end tirent également vers une correction de bon goût qui m'a aidé à instaurer la distance que j'aime garder envers les autres. Je ne suis ni décontracté, ni facilement abordable, ni particulièrement avenant.

La veille du mariage, moi aussi, j'avançai vers ma nouvelle vie avec Anna (c'était ainsi que je la voyais). Je savais que le fardeau qui pesait sur mes épaules était à présent supportable. J'avais accepté de vivre sur le dangereux fil du rasoir.

A l'appartement, Anna m'attendait. Tel un ornement, une valise reposait sur la table de verre.

— J'ai dit à Martyn que j'avais besoin de cet après-midi et de cette nuit pour moi seule. Que je viendrais à la mairie directement de mon lieu secret. Quand tu partiras — j'espère que tu pourras rester plus longtemps que prévu —, je resterai ici, pour rêver à toutes mes vies. Je suis heureuse. Je n'arrive pas à y croire. Je suis heureuse. Je n'ai jamais été heureuse. Pas depuis mon enfance. Maintenant, si. C'est extraordinaire. As-tu déjà été heureux ?

— Je ne sais pas. Peut-être. C'est triste, mais je ne m'en souviens pas. Ça a si peu d'importance.

Elle ouvrit la petite valise. Elle en sortit une robe ivoire et un minuscule chapeau qu'elle rangea dans un placard vide.

— Ça, c'est pour demain, dit-elle en souriant. Cet après-midi et ce soir, je suis à toi.

Tandis que sa robe tombait, je reconnus son tribut dans la façon dont la sombre cordelette soyeuse passa entre ses jambes, et ondoya autour de ses seins. Elle me montra un bleu profond et cita Shakespeare dans un murmure : « " J'ai éprouvé, d'ailleurs, ma fermeté, par la douleur d'une blessure volontaire, ici, à la cuisse. " Tu vois, moi aussi, je peux prouver ma force et ma fidélité. »

Je la déposai doucement sur le sol. Laissant mon attirail d'homme élégant sur le sofa, je redevins moi-même.

Je lui parlais de rêves dans une langue qu'elle seule comprenait. Déesse toute-puissante, pendant les heures de son emprisonnement elle murmurait « oui, oui ». Dans toute sa splendeur, elle dominait le maître réduit à l'esclavage. Dans la valise, je trouvai un ruban brodé à la main, et l'enroulai et l'enroulai autour de son visage, jusqu'à lui occulter la vue. Puis, je voulus le silence. Je trouvai des cotons à démaquiller, et, une fois qu'ils furent en place, nous voguâmes dans un monde de silence absolu.

Un battement dans son ventre scandait un rythme muet sur sa peau. Dans une poursuite prédatrice, ma bouche se pressait sur elle, et, de ma langue, j'essayais de saisir les mouvements du papillon. En vain.

Du poing, je massai le bleu de sa cuisse. Incapable de l'estomper, je repoussai la masse sombre vers les poils séparés par la corde de soie entre ses jambes, telle une vulgaire tache.

Quand la porte céda sur lui, pendant une seconde je fus le seul à voir Martyn. De mes doigts frénétiques, j'arrachai le silence de nos oreilles. Anna cria : « Que se passe-t-il ? que se passe-t-il ? » J'ôtai le ruban de ses yeux, et, un instant plus tard, nous entendîmes tous deux Martyn murmurer : « Ce n'est pas vrai... ce n'est pas vrai... vrai. »

Dans l'encadrement de la porte, il se balançait d'avant en arrière sur l'étroit palier.

Je me levai pour voler à son secours. Il leva les bras, comme pour esquiver un horrible coup. Puis, tel un enfant ou un robot qui progresse à reculons, pas à pas il recula devant cette diabolique incarnation du mal. Fixant le visage de son destructeur, il tomba par-dessus la balustrade, et s'écrasa sur le sol de marbre dans un fracas mortel.

Quand je le tins dans mes bras, le cou brisé, telle une tige fragile, la puissance de mon corps était devenue inutile. Où, mais où était la tendresse qui aurait pu le bercer ? Les corps de nos enfants morts, que nous enlaçons, dans l'horrible vérité de notre douleur, ont besoin de la rondeur et de la douceur des seins. La dureté de ma poitrine ne permettait pas d'y cacher son visage. En tentant de redonner forme au corps morcelé, en l'attirant vers moi, mes bras musclés me paraissaient obscènes et menaçants.

Le hall vide devint un puits de marbre dans lequel, d'une voix inquiète, les gens jetaient des questions pleines d'espoir.

— Dois-je appeler un médecin ?

— Vous avez besoin d'aide ?

— J'ai appelé la police.

— Vous voulez une couverture ? Pour vous ? Pour le corps ?

Je me rendis compte que j'étais nu.

— Il est mort ? Il est mort ?

Alors Anna s'approcha lentement de nous. Habillée, coiffée, d'un calme épouvantable.

— C'est fini. Tout est fini.

Me touchant légèrement l'épaule et regardant Martyn sans pitié, elle glissa presque vers la porte et disparut dans la nuit.

D'autres personnes étaient arrivées et formaient un cercle silencieux autour de nous, l'homme nu, et son fils mort, magnifique en jean et pull-over. Une femme me jeta une étole rouge. Elle tomba sur moi au son de la porte qui se fermait derrière Anna. D'autres bruits. Un policier brisa le cercle sans avoir à prononcer un mot et s'agenouilla calmement près de moi.

— Il est mort, je crois.

— Oui..., sur le coup.

Nous nous regardâmes.

— Vous êtes... vous êtes ?

— Oui.

— Et qui est le jeune homme ?

— Mon fils, Martyn.

Le médecin et les ambulanciers s'agenouillèrent près de moi. Un autre policier demanda au petit groupe de le suivre au fond du hall. J'entendais leurs murmures, telle une chanson triste, dans le lointain. J'eus du mal à me laisser arracher le corps de Martyn des bras. Mais le médecin était doux, et les ambulanciers efficaces et discrets. Puis, il ne resta plus que moi et les policiers, et nous montâmes à l'appartement. La porte était ouverte. A part mes vêtements, à présent soigneusement rangés, il ne restait plus le moindre indice de ce qui s'était passé avant que la porte ne s'ouvre.

— Puis-je m'habiller ?

Le policier regarda mon corps nu emballé dans l'étole rouge et acquiesça d'un signe de tête.

— Il faudra faire une déposition... Plus tard. Au commissariat.

— Oui, bien sûr. Je dois parler à ma femme. C'est vital.

— Je comprends. Il n'y a pas le téléphone, on dirait…

— Non.

— A qui appartient cet appartement, monsieur ?

— A la fiancée de mon fils.

— Comment s'appelle-t-elle ?

— Anna Barton.

— Est-ce la jeune femme qui est sortie à notre arrivée ?

Le policier qui parlait avec le groupe nous avait rejoint.

— Oui.

— Elle ne doit pas habiter là depuis longtemps. Il n'y a rien, ici.

— Elle n'habite pas ici.

Ils attendaient. J'avais fini de m'habiller.

— Monsieur, nous savons qu'il s'agit d'un accident. Deux témoins ont vu votre fils tomber pardessus la balustrade. Ils affirment que vous ne l'avez pas touché.

— Non.

— Que faisiez-vous, monsieur ?

— J'étais avec Mlle Barton.

— La fiancée de votre fils ?

— Oui.

— Monsieur, je dois vous poser la question, vous étiez nu et…

— Mlle Barton et moi, nous faisions…

Je m'arrêtai. C'était un mot que je n'avais pas utilisé avant.

— Je comprends, monsieur. Votre fils ne savait rien, jusqu'à ce soir ?

— Bien sûr que non.

— Comment savait-il que vous étiez ici ?

— Je ne sais pas. Je ne sais vraiment pas.

— Et où est passée Mlle Barton ?

— Je ne sais pas. Elle est partie. Elle est passée devant nous.

— Elle devait être en état de choc. Il vaudrait mieux la retrouver.

— Je ne sais pas où elle a pu aller. Peut-être à la maison ?

— Quelle maison ?

— Celle d'Anna et Martyn. Ils venaient juste d'acheter une maison. Ils étaient fiancés.

— Et quand devaient-ils se marier ?

— Demain.

Il y eut un long silence.

— Bon, allons au commissariat, maintenant, s'il vous plaît.

J'appelai Ingrid du commissariat.

Sally répondit.

— Ce n'est pas la peine... Anna est passée.

— Oh, mon Dieu ! Où est-elle ?

— A l'hôpital Wellington avec Wilbur.

— Wilbur ?

— Il a eu une crise cardiaque cet après-midi. Martyn avait appelé un peu plus tôt, il cherchait Anna. (Elle se tut un instant.) J'ai dit à Anna que Wilbur était malade, et elle est partie tout de suite.

— Ta mère est là ?

— Oui. Ne demande pas à lui parler. Pas encore.

— Sally ! Oh, Sally !

— Maman et moi, nous voulons voir le corps de Martyn. Elle y tient absolument.

Je me tournai vers le policier.

— A quel hôpital ont-ils emmené mon fils ?

— Au Middlesex.

J'en informai Sally.

— Ecoute, s'il te plaît. N'y allez pas. Pas maintenant. J'irai ce soir pour la reconnaissance. Je te jure que je vous y emmènerai demain. Persuade ta mère d'attendre. C'est important. Je t'en supplie, Sally...

— J'essaierai, j'essaierai. Anna est folle... tu le sais, non ?

— Non, non, Sally, Anna n'est pas folle.

— Elle avait sa valise avec elle. Elle a dit qu'elle irait voir Wilbur et qu'elle partirait pour Paris. Que tout était déjà prêt de toute façon « pour la lune de miel ». Et elle m'a souri ! C'est incroyable ! Elle m'a souri ! Si elle n'est pas folle, c'est le diable !

— Oh, Sally, tu te trompes, ce n'est pas cela du tout.

— Qu'est-ce que c'est, alors ? Elle vous a conduits à la destruction, toi et Martyn.

— Elle a tout raconté à ta mère ?

— Je ne sais pas. Maman ne me dit pas tout. Je ne peux pas lui demander. Mais j'imagine facilement.

— Je ne crois pas que ce soit possible, Sally. J'arriverai un peu plus tard.

— Non, ne viens pas, s'il te plaît.

— Si, Sally. Il le faut. Plus tard.

Je raccrochai.

— Ma femme est au courant.

— Oui, c'est ce que j'ai compris.

J'étais dans une petite pièce, avec un homme grand aux cheveux gris, l'inspecteur Doonan. Il émanait de lui une gentillesse lasse. La gentillesse était peut-être son dernier recours, lorsqu'il était confronté à la répétition incessante de la folie humaine. J'avais vraiment de la chance d'avoir affaire à l'inspecteur Doonan.

Je fis ma déclaration. Il me posa quelques questions.

— Depuis quand durait votre relation avec... ?

— Anna. Quatre mois.

— Depuis combien de temps la connaissiez-vous ?

— Cela a commencé tout de suite. Quelques jours après notre rencontre.

— Votre fils n'avait aucun soupçon ?

— Personne n'en avait.

— Personne ?

— Si, une seule personne. Le beau-père d'Anna, Wilbur. Oh, mon Dieu ! il a eu une crise cardiaque. Il est au Wellington. C'est pour cela que Martyn cherchait Anna. Puis-je téléphoner ?

— Oui, bien sûr.

Il s'approcha de la porte, et quelqu'un me passa le Wellington. Je demandai dans quelle chambre était Wilbur et parlai à l'infirmière en chef. Ce fut une conversation brève et rassurante. Wilbur était sorti du service de réanimation. Trois jours d'hôpital et un long repos. C'était une attaque très légère.

— Comment votre fils a-t-il su que vous étiez tous les deux à cette adresse ?

— Il ne le savait pas. Je ne comprends pas. Il n'était pas au courant pour l'appartement.

— Il n'avait pas la clé, il a forcé la serrure, dit l'inspecteur Doonan.

— C'est ce qui a attiré les Thompson sur le palier, expliqua le jeune policier.

— Les Thompson ?

— Les témoins qui ont vu tomber Martyn.

— Ah !

— Pensez-vous que Mlle Barton ait pu être imprudente ? Elle a peut-être noté l'adresse sur un carnet ?

— Non, elle n'était pas imprudente.

— Où est-elle maintenant ? Nous aurons à lui parler.

— Paris ! Elle est partie pour Paris ! Rejoindre Peter ! Peter ! L'appartement était à lui avant. Martyn l'a peut-être appelé pour lui demander où pouvait bien se trouver Anna. Peter ! Il a dû contacter Peter à Paris.

— Qui est Peter ?

— Elle avait dit qu'elle voulait être seule avant la cérémonie. Venir directement d'une adresse secrète.

— Calmez-vous, monsieur, j'ai du mal à vous suivre.

— Puis-je l'appeler ?

— Qui ? Peter ?

— Oui.

— A Paris ?

— Je paierai.

— Ce n'est pas le problème, dit Doonan en soupirant. Vous connaissez le numéro ?

— Oui.

L'inspecteur me passa le combiné.

— Peter ?

— Oui ?

— C'est le père de Martyn.

— Je sais. Anna m'a appelé. Elle est déjà en route. Il n'y a rien à dire. Je suis vraiment désolé.

— C'est vous qui lui avez donné l'adresse ?

— Oui.

— C'est ce que je pensais.

— Je ne savais pas que vous étiez là. Je pensais qu'Anna viendrait s'y réfugier pour réfléchir. Pour être au calme avant demain. Quand Martyn a appelé... désespéré..., à cause de Wilbur, je lui ai dit. Nous étions amis, d'une certaine façon, Martyn et moi.

— D'une certaine façon, nous sommes amis.

— D'une certaine façon.

— Anna sera peut-être obligée de revenir.

— Je le lui expliquerai.

— La police sait qu'il s'agit d'un accident, mais il faudra qu'elle fasse une déposition.

— Oui, je comprends.

— Je dois vous laisser.

— Au revoir.

— Au revoir.

Je fis ma déposition.

— Nous allons vous raccompagner chez vous, monsieur, mais avant il faut que vous reconnaissiez le corps.

Nous allâmes à l'hôpital. Je reconnus le corps. Il n'y a rien à en dire. Je n'en parlerai pas.

Il était plus d'une heure du matin quand je rentrai à la maison. La porte de la chambre de Sally s'ouvrit. Son visage défait apparut. Je la poussai à l'intérieur et murmurai : « Ta mère. » Sally ferma la porte.

J'allai vers la lumière. Ingrid m'attendait à la cuisine. Ce n'était pas une cuisine destinée à ce genre de douleur. Ses surfaces d'une blancheur étincelante étaient plus propres à accentuer la souffrance qu'à l'apaiser. Pas de coins sombres, ni de bois tendres pour absorber les cris, silencieux ou non. Vêtue de noir, le dos tourné, pendant un instant elle présentait une ressemblance terrifiante avec Anna. Elle se retourna. Son visage me fit un tel choc que la nausée me prit à la gorge. J'attrapai un torchon. Le vomi avait une odeur familière pour moi. Elle me tendit un verre d'eau.

— J'ai fait ça pour stopper la douleur, avec ça, dit-elle en se touchant le visage.

Elle me montra une serviette blanche, maculée de sang, avec un nœud au milieu. Ses joues étaient striées de sang et enflées, si bien qu'on aurait dit que les contours étaient en relief, tandis que les yeux s'enfonçaient profondément dans les orbites sombres d'un paysage lunaire.

— La douleur me dévorait. Ça va mieux.

Elle reprit la serviette et se flagella de nouveau. Une giclée de sang tomba dans le verre, sur la table. Une image obscène d'Anna me revint à l'esprit. Son visage avait toujours un aspect gonflé... Peut-être était-ce là la clé ? Anna n'avait pas les traits délicats que peut blesser la brutalité de baisers salvateurs.

Le visage d'Ingrid, si fin, si petit, aux traits si gracieux, aux yeux si pâles, semblait toujours dire « Attention, je suis fragile ». Son corps aussi, si longiligne, si mince, avec la courbe subtile des seins et des hanches, imposait un tabou sur toute autre chose que l'amour le plus tendre. J'avais cherché le plaisir avec autant de précautions que pour examiner une pièce de porcelaine rare en provenance d'un pays lointain.

Ingrid était assise face à moi.

— Tu n'es pas un mauvais homme, dit-elle. Et je ne suis pas idiote.

Nous nous regardâmes — un homme et une femme, de parfaits étrangers. Le lendemain ou le surlendemain, nous enterrerions notre fils.

— Tout est clair, pour moi. Toi et... Anna. (Ce nom fut soupiré plus que prononcé.) Tu ne pouvais rien faire. Tu n'es pas un mauvais homme.

Ses lèvres enflées et les larmes contenues lui épaississaient la voix. L'expression « mauvais homme » avait un rythme descendant, comme si un tambour scandait un seul mot « mauvaishomme, mauvaishomme, mauvaishomme ».

— Quand tu as su… quand tu as su que tu étais perdu…

Elle marqua une pause et sembla se balancer, si bien que la forme étrange et les couleurs violentes de son visage formaient quelque mobile hideux.

— … tu aurais dû te suicider. Tu aurais dû te suicider. Tu sais comment t'y prendre. Cela aurait été facile. Tu sais ce qu'il faut faire.

— Oui, je suppose.

— Pas maintenant. Non, pas maintenant, pas de lâcheté, pas maintenant. Reste ici. Reste sur cette terre. Reste et donne-moi un peu de joie. Oh, pourquoi ne t'es-tu pas suicidé ? Tu savais comment faire !

— Honnêtement, je n'y ai jamais songé. Je n'y ai jamais pensé.

J'avais l'impression d'être un enfant qui aurait pu s'éviter une sévère correction. Mais qui n'avait jamais entrevu la solution pourtant évidente.

— C'est ce qu'Aston a fait, murmurai-je.

— Aston ?

— Son frère.

— Je l'avais oublié, celui-là. Aston… et maintenant, Martyn. Oh, mon Dieu ! mais c'est un monstre ! hurla-t-elle. J'aurais pu t'enterrer et survivre. Tu comprends ? J'aurais pu t'enterrer et survivre. Même en sachant ce que tu avais fait, j'aurais pu t'enterrer. Et survivre. Et aimer. La douleur aurait été supportable. Là, c'est intolérable. Intolérable.

Elle recommença à se flageller le visage. Je courus derrière elle et l'attrapai. Le combat inégal fut vite terminé. Je l'installai sur une chaise.

— Ne bouge pas, murmurai-je.

J'allai dans mon cabinet et revins avec des tranquillisants.

— Non, dit-elle, d'une voix neutre. Non, non, et non.

— C'est important, dis-je.

— Pour qui ? Pour toi. Parce que, pour une fois, tu ne sais pas quoi faire. N'est-ce pas, docteur ? Je ne veux que ce que je ne pourrai jamais avoir. Qu'on me rende mon fils. Rends-moi mon fils. Rends-le-moi. Maintenant. Rends-moi mon fils.

— Ingrid, écoute-moi. Martyn est mort. Il est parti pour toujours. Sa vie est terminée. Ecoute, Ingrid. Ecoute-moi. C'est moi qui suis responsable de sa mort. Laisse-moi la porter. Je ne serai jamais libéré de sa mort, jamais je ne la fuirai. Laisse-moi la porter, Ingrid. Pousse-la vers moi, repousse sa mort vers moi. Inspire profondément, Ingrid, inspire profondément. Tu survivras. Repousse la mort de Martyn vers moi. Tu vivras. Donne-la-moi, maintenant. Donne-moi sa mort.

Je la conduisis vers la table et l'y allongeai. Elle remonta ses genoux vers sa poitrine, comme pour donner naissance. Des larmes coulaient le long de ses joues. Les boutons de sa chemise s'ouvrirent sous ses convulsions et ses sanglots.

— Ingrid, donne-moi sa mort.

— Oh, Martyn, Martyn, Martyn, cria-t-elle.

Puis son horrible cri silencieux fut suivi d'un soupir si profond que je sus que tout était fini. Quelque chose sembla voler vers moi et m'envahir.

Allongée sur la table, elle pleurait calmement. Les larmes coulaient, baignant ses plaies, emportant le sang dans leur sillage. Les larmes et le sang formaient presque une guirlande autour de son cou, qui s'écoulait en deux ruisselets rose pâle et inondaient sa poitrine.

— Je vais me laver, dit-elle.

Je la conduisis à la salle de bains. Nous avancions lentement, mon amie et moi. Peut-être avais-je toujours des talents qui pouvaient la guider paisiblement vers le reste de sa vie.

Je fis couler le bain et y ajoutai une de ses huiles. Elle détacha ses cheveux, qui, incongrûment, formaient encore un élégant chignon. Dernière touche de normalité, ses épingles à cheveux et ses années d'expérience lui avaient permis de résister à un tel chaos.

Je l'aidai à se déshabiller, comme un enfant. Elle se glissa dans l'eau et plongea. Sur son corps et ses cheveux, l'huile de bain agissait comme un onguent magique. Sans cesse, elle s'allongeait et plongeait sous la surface, répétant un rituel de survie acrobatique au son d'un rythme muet.

Assis par terre, je concentrai toute mon énergie sur elle. Avec un pouvoir que je ne savais pas posséder, j'éliminai toute autre pensée de mon esprit. Parfois, j'ajoutais de l'eau chaude dans le bain. Parfois, je laissais échapper le trop-plein. Elle ne semblait pas me remarquer en faisant surface, et replongeait aussitôt.

— Je voudrais dormir, finit-elle par dire.

Je l'entourai d'une serviette et la séchai. Puis j'essayai de lui enfiler une chemise de nuit. Elle fit non d'un signe de tête et se glissa entre les draps. Elle s'endormit en quelques secondes. Je m'assis près de la fenêtre et observai la nuit. La pleine lune brillait dans le ciel sans étoiles. Je pensai à quel point je prêtais peu attention à ce genre de phénomène. Une carence de l'âme, peut-être ? Un vide congénital ? Un néant qui se passait de génération en génération ? Une faille dans le psychisme, démasquée seulement par ceux qui en souffraient ?

Les images de Martyn enfant me rongeaient... l'une tout particulièrement, où il tournait la tête à mon appel, son rire glorieux tintant dans le soleil doré d'une journée d'été. Je fermai lentement les yeux pour tirer le rideau sur cette image. Je devais me préparer à un enterrement. Je devais organiser les funérailles.

Je pris une feuille de papier et commençai ma liste. Les faire-part. Le *Times,* le *Telegraph.* Avec la peur soudaine que les charognards apportent d'autres messages — plus dévastateurs ceux-là — dans l'insouciance matinale des foyers de gens que je ne connaîtrai jamais.

Il y aurait des sous-entendus dans les journaux à scandales et peut-être des récits neutres de la tragédie dans les autres. Pour moi, peu m'importait, mais soudain il me semblait vital de préserver la dignité de Martyn. Pouvais-je y faire quelque chose ? Une agitation, une agitation forcenée imprimait des mouvements mécaniques à ma tête et à mes épaules. Mon Dieu ! Je ne pouvais pas me permettre de tomber en état de choc. Je devais tenir bon. Je sortis de la pièce, et me fis une intraveineuse de vitamines B. Je retournai à ma liste : les pompes funèbres, le cercueil, le service religieux, les fleurs, la musique.

Ingrid bougea. Je regardai ma montre. Il s'était passé des heures. Comment était-ce possible ? La lune avait disparu. L'aube. Nous étions presque aujourd'hui. Aujourd'hui était arrivé. Alors, maintenant, Martyn était mort hier. Martyn est mort ce même jour, il y a une semaine, un mois, un an. Cela fait dix ans aujourd'hui que Martyn est mort. Vingt ans. Quand cesserai-je de compter les anniversaires ? Oh ! quand, quand, allais-je mourir ?

Ingrid gémit. Le jour et sa peine faisaient leur chemin dans son sommeil. J'observai les mouvements de son corps passer de la colère à la défaite. Puis replonger dans la souffrance de la résignation. Ses yeux, soudain éveillés, surent en un instant : « Ce n'est pas vrai, ce n'est pas vrai... » Je l'aidai à se lever. Nous n'échangeâmes pas un mot.

Lentement, silencieusement, elle alla à la salle de bain et ferma soigneusement la porte. Je me tournai vers la fenêtre et observai le jour s'approcher et s'installer. Les bruits de voitures et de gens emplissaient une étrange zone de la conscience. La camionnette du laitier ressemblait à un engin spatial engagé dans l'exploration historique d'une nouvelle planète.

Une rupture s'était opérée, un gouffre s'était ouvert. Désormais je n'échapperais plus à la lumière crue de la réalité. Le côté mécanique de mon existence était le seul dans lequel je devrais fonctionner. Dans les prochains jours il faudrait que j'habite exclusivement cette partie de moi. Les autres aspects devaient rester latents pour être vécus plus tard, éternellement peut-être.

La peur me saisit. Commence tout de suite, commence tout de suite, dans cette nouvelle dimension. Regarde les voitures. Ecoute les sons. Observe la camionnette du laitier. Regarde, elle vient juste de s'arrêter, dehors.

Ingrid sortit de la salle de bain. Transformée. Son chignon avait retrouvé sa beauté ondulée. Son visage, qui avait un peu désenflé pendant la nuit, présentait l'immobilité de masque que confère un maquillage d'une discrétion absolue. Elle avança dans la pièce, drapée dans la perfection artificielle derrière laquelle se protègent les femmes déjà belles. En plus elle était nue.

L'intimité du mariage n'avait jamais atténué la force de cette image. Elle se tint devant moi.

— Quel dommage que nous nous soyons rencontrés.

— Et Sally ? Il reste Sally.

— Oui. Oui. Sally. Mais tu sais, pour moi, il n'y

avait que Martyn. Il n'y a jamais qu'une seule personne. Anna, pour toi, je suppose.

Je soupirai.

— Tu as de la chance, elle n'est pas morte ! N'est-ce pas ? Anna est... Anna... pour parler simplement... survivra à tout. As-tu jamais été amoureux de moi ?

— Oui. Cela me paraissait évident.

— Et ça, dit-elle en montrant son corps. Et ça ?

— Tu es excessivement belle.

— Je sais ! Mon Dieu, crois-tu que je ne le sais pas ?

Elle se tourna vers le miroir en pied.

— J'ai un beau visage. Regarde-moi. Regarde mon corps. Mes seins sont petits, mais toujours charmants. J'ai la taille et les hanches fines.

Elle dessina une ligne qui descendait vers son sexe.

— Et ça ? Et ça, qui couronne mes longues jambes ? Ça ne te dit rien, toute cette beauté ? Cela ne te suffit pas ? Cela ne suffit pas ? C'est pour cela que cela m'a coûté Martyn.

Elle se tourna vers moi. Le miroir renvoyait l'image des lignes minces de son dos et de la perfection incongrue et terrifiante de son chignon.

— Tu aurais mieux fait de mourir. De toute façon, tu ne m'as jamais paru vivant.

— Tu as parfaitement raison, sur les deux points. J'aurais dû mourir. Mais je n'y ai pas pensé. Et je n'étais pas vraiment vivant, jusqu'à Anna.

— Finalement, tu es peut-être un mauvais homme. Tu as semé l'horreur dans ma vie. Pendant une seconde, une seconde, tu m'entends, j'ai pensé à faire l'amour avec toi.

Je parus choqué. Elle rit. Un petit rire sec et amer.

— En te regardant, je comprends à quel point je n'existe plus pour toi. Cela me donnera une force extraordinaire.

Elle ouvrit un tiroir et enfila ses sous-vêtements. Elle mit une robe noire d'une telle sobriété qu'elle ressemblait à une icône à la beauté inutile, à une forme dépourvue de tout pouvoir.

J'entendis Edward arriver. Il serra très fort sa fille dans ses bras. Il avait le visage affreusement décomposé.

— Oh, mon Ingrid, murmura-t-il. Ma chérie, ma chérie, ma chérie, ma pauvre enfant.

— Oh, papa !

Pendant un instant, je restai paralysé. Ce n'était pas Ingrid qui appelait son père, mais Sally qui s'adressait à moi.

Immobile dans l'encadrement de la porte de la chambre, elle murmura :

— Oh, papa !

Je m'approchai d'elle. Mais soudain elle cria « Non, non ! » et descendit l'escalier comme si le simple fait de me voir l'avait blessée.

Je la suivis lentement.

— Sally, tu as été extraordinaire hier soir, dit Edward. Cela a dû être très dur pour toi. C'est

Sally qui m'a appris la nouvelle, me dit-il en se tournant vers moi. Cela a été très difficile pour elle.

— Sally est très courageuse. Bonjour, monsieur, dit Jonathan, arrivé dans le vestibule. Je suis terriblement désolé, ajouta-t-il d'une voix tombante. Pourrais-je vous dire quelques mots seul à seul ? (Nous allâmes dans le bureau.) Je m'occuperai de l'état civil pour le mariage, et de l'hôtel, dit-il. De tout, sauf des parents d'Anna. Heureusement qu'il n'y avait que la famille. Oh, mon Dieu ! ça paraît vraiment horrible... vous comprenez...

— J'appellerai la mère d'Anna. Wilbur vient de faire un léger infarctus. Il faut absolument qu'on lui annonce en douceur. Son père est au Savoy, je crois. Je l'appellerai aussi.

— Monsieur, si cela ne vous dérange pas, je téléphonerai de la chambre de Sally.

Je hochai la tête. Cette requête n'était qu'un geste de courtoisie, d'autant plus appréciable.

— Vous aimez Sally ?

— Beaucoup, monsieur.

J'appelai la mère d'Anna.

— J'allais vous appeler, dit-elle. Je ne pouvais pas faire ni dire grand-chose hier soir. Depuis l'aube j'attends de vous appeler.

— Vous êtes au courant ?

— Oui.

— Anna ?

— Oui.

— Elle est venue voir Wilbur. Elle m'a tout dit quand nous étions seules dans le couloir. Et elle est partie. Vous savez ce que je ressens ?

— Non.

— Soudain, je me sens très vieille. Les Français appellent ça *un coup de vieux*. Je parais très vieille aujourd'hui. J'imagine que je devrais essayer de vous réconforter. Mais vous ne le méritez pas. Vous et Anna, vous allez bien ensemble. Vous semez la souffrance dans la vie des autres. Anna a toujours eu ce don. Apparemment, vous venez de vous en apercevoir. Votre femme mérite la compassion, une compassion sans fin. Mais, d'après ce que je sais d'elle, elle ne le prendrait pas bien. Elle n'a que faire de la pitié.

Il y eut un silence mais elle reprit la parole.

— Ce n'est pas du tout comme cela que vous m'aviez vue ?

— Non, pas du tout.

— Ces bavardages stupides, vous y avez cru ? Cela m'a aidée au cours des ans. Wilbur a toujours su lire à travers. C'est pour cela que je l'ai épousé.

— Comment va-t-il ?

— Il s'en tirera.

— Ne lui dites rien.

— Il sait.

— Anna ?

— Non, moi. Il peut lire la tragédie sur mon visage. Il m'a dit : « Je l'avais prévenu, je l'avais prévenu ! » C'est vrai ?

— Oui. Oui, c'est vrai.

— Vous auriez dû l'écouter. Il comprend toujours tout. J'aimerais assister à l'enterrement. Vous me tiendrez au courant.

— Vous êtes sûre ?

— Oui, tout à fait. Votre fils comptait beaucoup pour moi. A ma manière, j'ai essayé de le prévenir, ce soir-là. Mais j'ai été trop discrète. Anna s'en est rendu compte, bien sûr. Elle savait bien où je voulais en venir en parlant de Peter et d'Aston.

— Elle est partie retrouver Peter, vous le savez ?

— Oui. Ça se termine toujours comme ça. Elle croit que je ne sais pas ce qui s'est passé le jour de la mort d'Aston. Elle croit que je ne sais pas pourquoi Aston est mort. J'ai toujours fait semblant. Pour essayer de ne pas perdre le contact avec elle, je suppose. En vain ! Tout ce que j'ai fait a toujours été inutile. J'aurais aimé qu'elle ait une autre mère ; elle aussi, j'imagine. Oh ! je suis fatiguée. Au revoir. Au revoir.

J'aurais voulu demander si Anna avait prévenu son père, mais la conversation était terminée. J'appelai ce dernier immédiatement. Je ne voulais pas réfléchir à ce qu'Elizabeth avait dit sur sa fille, pas pour l'instant. Des années de néant m'attendaient. Je les remplirais de toutes les paroles jamais prononcées sur Anna, depuis le jour où j'avais entendu parler d'elle pour la première fois.

— Charles ?

— C'est aimable à vous de m'appeler. Je vous ai écrit, à vous et à votre femme, séparément. Je n'ai pas envie de vous parler. Ma femme et moi, nous retournons immédiatement dans le Devon. Je n'ai rien à dire ni à faire. J'ai un peu connu ce que vous endurez, mais bien sûr votre situation est encore plus terrible. C'est pour ça que rien ne peut vous aider. Rien. Il soupira et murmura presque : « Ni personne. »

On avait raccroché.

J'avais encore deux coups de fil à passer. Question d'honneur. J'appelai mon agent politique et déversai mon triste conte dans les premières heures de sa matinée. Il faut si peu de mots pour raconter une si terrible histoire !

— Mon fils est mort.

— Oh, mon Dieu ! Que s'est-il passé ?

— Il y a eu un horrible accident. Les conséquences en seront affreusement difficiles à porter, John. Je dois vous annoncer avec tristesse que je donne ma démission. Nous nous connaissons depuis longtemps, John, vous me connaissez assez bien pour accepter cette décision irréversible sans poser de questions.

— Mais qu'a-t-il bien pu se passer ? Vous ne m'appelez sûrement pas à cette heure sans une bonne raison. (Il sanglotait presque.) Oh, mon cher, mon ami, que puis-je faire pour vous ?

— Soyez cet ami dont j'ai tant besoin aujourd'hui. Acceptez simplement ce que je vous dis. Cela sera plus clair dans un jour ou deux, mais, je vous en prie, respectez mon souhait. Ma carrière est terminée. La presse va bientôt vous appeler, et vous pourrez annoncer ma démission. Je suis désolé, John, vraiment désolé.

Je raccrochai.

J'appelai mon ministre chez lui. Au cours d'une brève conversation, je mis fin à mon avenir politique. Je ne lui en dis pas plus qu'à John. Sa carrière était toute sa vie. Il savait donc que seule une catastrophe pouvait motiver une telle décision. Après m'avoir présenté ses condoléances, il me dit qu'il avertirait le Premier ministre dès réception de ma lettre.

— Je la prépare immédiatement. Vous l'aurez bientôt.

Il ne me restait plus qu'une personne à contacter.

— Andrew…

— J'attendais ton coup de fil. Il y a eu un article. Je suis vraiment désolé. C'est une véritable tragédie. Que puis-je faire pour toi ?

— Je veux faire une déclaration. De toute urgence. A la presse. Il faudra que tu obtiennes l'accord de la police. On peut en parler ?

— Bien sûr. L'article était très court. Il y avait des questions sans réponses. Que s'est-il passé exactement ? demanda-t-il de son ton inquisiteur d'homme de loi.

— Il n'y aura pas de procès, Andrew. J'ai démissionné, non seulement du ministère mais aussi du Parlement. En tant que simple citoyen, je veux protéger la mémoire de mon fils. Je veux protéger ma femme et ma fille des spéculations et des sous-entendus qui ne pourraient leur faire qu'encore plus de mal.

— Tu as toujours été l'homme le plus calme qui soit. Très bien, mettons au point cette déclaration. Tu veux que je passe ?

— Non, c'est très court.

— Elle est déjà prête ?

— Non, pas entièrement. De toute façon, il y a des aspects légaux dont je ne suis pas très sûr.

— Eh bien, jetons les premières bases, et je me renseignerai.

Nous nous mîmes d'accord pour que, après vérifications, Andrew fasse en mon nom la déclaration suivante :

Mon fils Martyn est mort la nuit dernière d'un tragique accident. Une autopsie sera pratiquée. Certaines des circonstances de cette tragédie sont sujettes à controverse. C'est pourquoi j'ai démissionné de mon poste au ministère et de mon mandat de député. Cette démission prend effet immédiatement. En tant que simple citoyen, ce qui sera mon statut pour le reste de mes jours, je demande que ma vie privée ainsi que celle de ma femme soient respectées, afin que nous puissions pleurer la perte de notre fils. De même pour ma fille qui a perdu son frère bien-aimé. Nous ne ferons pas de plus amples commentaires, ni maintenant ni plus tard.

— D'accord. Il y aura des tas de questions. Ils ne lâcheront pas le morceau si facilement.

— Non, mais s'ils comprennent que nous n'en dirons pas plus, ils nous laisseront peut-être tranquilles. Avec ma démission, je ne suis plus un personnage public.

— Cela m'étonnerait que ce soit si simple. Tu peux t'attendre à des commentaires désagréables dans les journaux à scandales.

— Je ne les lis jamais.

— Eh bien, tant mieux.

— Andrew, je tiens le choc, tout juste. J'essaie de limiter les dégâts pour Ingrid et pour Sally.

— Je suis désolé. Vraiment. On pourrait t'en vouloir de garder ainsi ton sang-froid. Et Anna ?

— Elle est à Paris.

— Injoignable ?

— Je crois.

— Et le mariage... Ils vont en faire tout un plat.

— Oui, sans doute.

— Tu veux que j'aille voir les gens de l'immeuble ? Pour essayer de les faire taire ?

— Non, cela n'empêchera pas ceux qui ont envie de parler de le faire. Il faudra qu'ils témoignent, de toute façon ; alors, c'est inutile.

— L'enquête n'aura pas lieu avant trois mois, plus peut-être.

— Les causes du décès sont clairement établies. Martyn est mort en se brisant le cou dans sa chute. Je crois que nous pourrons faire un enterrement dans l'intimité dans quelques jours. Andrew, rien dans ma vie ne m'a préparé à une telle conversation. C'est aussi incroyable pour moi que pour toi.

J'essaie de m'occuper des formalités, de la presse, pour mettre Ingrid et Sally à l'abri. Après, je sombrerai peut-être dans la folie. Cela serait la seule vraie solution. Mais pas maintenant, Andrew, pas maintenant. J'ai besoin de tes conseils de professionnel. Je t'en prie.

— Tu peux compter sur moi.

— Merci. Merci. Bon, je dois y aller. Je vais envoyer Ingrid et Sally à Hartley, avec Edward. Il a dit qu'il s'arrangerait pour que Martyn soit enterré là-bas.

— Et toi ?

— Edward me prête son appartement de Londres. C'est de là que j'appellerai ceux qui doivent rester en contact avec moi.

— Comment va Ingrid ?

— Que répondre à cela ?

— Rien.

— A l'abri, Andrew, j'essaie de les mettre à l'abri.

— Et toi ?

— Oh, moi ! Ma vie est fichue. Mais là n'est pas la question. Andrew, je te remercie. Bon, je te laisse t'occuper de tout.

— Oui, au revoir.

— Au revoir, Andrew.

Même si elle arrive avec une précipitation choquante, l'horreur dévore sa proie lentement. A travers les heures du jour et les années, elle étale sa triste noirceur dans tous les recoins de l'être qu'elle a conquis. Tandis que l'espoir s'écoule, tel le sang d'une blessure, une lourde faiblesse vous envahit.

La victime plonge dans un monde secret et cherche de nouveaux sentiers dans ce qu'elle sait être une obscurité permanente. L'horreur m'appelait. Ingrid et Sally endureraient un terrible chagrin, mais je devais leur éviter l'horreur. Peut-être alors leur resterait-il une chance.

— Sally et Ingrid aimeraient aller à l'hôpital avant de partir à Hartley, dit Edward en entrant dans le bureau.

— Je vais les emmener.

— Non, sans vous. Je crains qu'Ingrid préfère y aller sans vous.

— Je vois. Edward, ce n'est pas facile. Je m'inquiète pour elles.

— C'est un peu tard, vous ne croyez pas ?

— Edward, rien de ce que vous pourrez dire n'aura d'effet sur moi. Je suis au-delà de la douleur pour le moment. Je peux aider Ingrid à supporter cette épreuve.

— Votre présence la rendra pire.

— Lui avez-vous posé la question, Edward ?

— Non, mais j'en suis sûr.

J'allai à la cuisine.

— Ingrid, je vais vous emmener à la morgue, toi, Sally et Edward.

Droite et raide, Ingrid était assise sur une chaise. Bizarrement, ses pieds paraissaient plantés dans la moquette. Elle avait le dos collé au dossier. Un corps sans souplesse, comme s'il savait que le moindre relâchement des muscles ou des courbes conduirait à la désintégration totale. Son visage, désenflé, avait retrouvé sa pâleur, sa délicatesse, et se dressait maladroitement sur le cou.

Tenir son corps, préserver son visage... les premiers pas sur la route de la survie. La douleur emprisonnée dans la cage d'acier de l'apparence extérieure est toujours de la douleur. Déchirant frénétiquement os et muscles, incapable de s'échapper, elle inflige ses lentes blessures. Des blessures internes, emportées dans la tombe, qu'aucune autopsie ne détectera jamais. Peu à peu, la douleur se lasse et s'ensommeille, mais elle ne meurt jamais. Avec le temps, elle s'habitue à sa prison, et une relation de respect s'instaure entre le prisonnier et son geôlier. Je le sais maintenant, maintenant seulement. Ingrid m'avait donné Martyn. Et la veille, j'avais étreint la mort de mon fils et j'avais soulagé Ingrid de son poids. Je la chérirais, cette mort. Ingrid était libérée de la rage, de la colère et de la culpabilité des innocents. A présent, elle se battait contre son chagrin. Et, même s'il finirait par l'emporter, elle continuerait à vivre. C'était déjà presque un exploit.

— Je crois qu'il serait préférable que je vous emmène, dit Edward.

— Tu dois venir aussi, père, mais je voudrais voir Martyn avec son père.

Edward soupira et se retourna, en larmes. C'était un vieil homme vaincu, à la fin de sa vie. Aucune chance pour Edward. La blessure était mortelle. Il n'y survivrait pas. Je me souvins d'un vieux proverbe chinois : « Ne dis pas qu'un homme est heureux avant qu'il soit mort. » La longue vie d'Edward, avec une seule blessure, la mort de sa femme, se terminait sur cette dernière brutalité, et je vis la vie s'éteindre dans son regard. Le reste suivrait.

Londres n'est pas un lieu pour la mort. Nous roulâmes dans les rues bruyantes, pleines de voitures en route vers le travail ou l'école, de bus qui déchargeaient des rubans de personnes dans le dédale gris des maisons, devant les couleurs des lieux destinés à habiller et nourrir les corps. Pas le chemin idéal pour la morgue. Là, tout ce qu'il reste d'une vie que vous avez aimée, c'est un corps à enterrer.

Mon ancien monde manifestait encore de petits emblèmes de respect. On nous accueillit discrètement. On nous conduisit en silence vers notre dernière vision de Martyn. Le respect, la peur et le silence sont de rigueur face à la mort. Car les larmes et les cris ne sont pas réels, pâles échos d'un chagrin qui commence avec la première mort. Et qui cessera dans un soupir avec la dernière.

Nous gardâmes le silence, cette femme et moi, devant la beauté figée de notre fils. En voyant comme la mort était presque devenue lui. Sa pâleur, ses cheveux noirs, ses traits ciselés, ressemblaient à présent à la statue de marbre d'un jeune dieu.

Je ne sais pas combien de temps nous sommes restés là. Enfin, Ingrid avança. Lentement, les lèvres et les yeux secs, elle embrassa son fils. Elle se tourna vers moi et, du regard, m'accorda une permission. Mais je n'en fis rien. Le baiser de Judas est pour les vivants. Je n'irais pas plus loin dans la trahison.

Nous ne retournâmes pas à la maison. Jonathan avait préparé nos bagages. Il avait contacté des chauffeurs et, enveloppé dans le manteau protecteur de la richesse, Ingrid, Sally, Jonathan et Edward partirent vers Hartley et le doux réconfort de la campagne. Vers une nouvelle vie. Une vie après Martyn. La première étape de leur voyage avait commencé.

35.

Je me rendis dans l'appartement d'Edward. Plus tard, le ministre vint m'y rendre visite. On me remit une lettre personnelle du Premier ministre. Une gentillesse décente, un geste d'humanité, de lointaine sympathie. Les visiteurs discrets de mon monde perdu se rendaient lentement compte que l'homme qu'ils avaient en face d'eux, leur vieux protégé, rival ou collègue, avait amorcé une chute vertigineuse et s'enfonçait à travers les couches de pouvoir, de succès, perçait les membranes de la décence et de la normalité pour se précipiter dans un labyrinthe d'horreurs. Où l'attendaient la dépravation, la brutalité, la mort. Et, plus terrifiant encore, le néant.

Mais les gens bien essaient de se conduire correctement. Et c'étaient tous des gens bien. Ils essayèrent de dire quelle perte mon départ représentait. L'un d'eux murmura même le mensonge parfait, avec des accents de sincérité désespérés. « Vous remonterez la pente. Reconsidérez votre démission. Vous vous êtes trop précipité. » Mais, sa voix, pleine de souffrance, finissait par trahir la vérité.

Andrew m'appela.

— La presse va suivre le schéma habituel. Il y a déjà une dizaine de journalistes et de photographes devant chez toi. Ils iront bientôt à Hartley, et ils dénicheront peut-être bien l'appartement où tu te réfugies.

— Dois-je conseiller à Edward de verrouiller le portail ?

— Cela vaudrait mieux.

— A quoi dois-je m'attendre ?

— Le scénario classique. La presse sérieuse se concentrera sur ta carrière et ta démission. Le journal de Martyn insistera sur le fait que la tragédie a eu lieu juste avant le mariage. Il y aura pas mal de sous-entendus. Ne t'a-t-on pas trouvé nu ? Les autres s'en donneront à cœur joie. Tout juste s'ils ne te traiteront pas d'assassin. Mais toi et Anna, vous ferez les gros titres. Il y a des histoires de… comment pourrais-je dire… de jeux sexuels, je ne sais pas. Oh, mon Dieu ! De toute façon, tu es prévenu. Ils vont te crucifier avec ça.

— Combien de temps cela va-t-il durer ?

— Eh bien, tu as démissionné. Anna a disparu. Après l'enterrement, cela devrait s'estomper. Bien sûr, il y aura d'autres articles au moment de l'enquête.

— Oui, sans doute.

— Et un de ces salauds a mis ton mariage sur le tapis. Est-ce que tu vivais encore avec Ingrid ? Est-ce que tu vas divorcer ? Des reportages pour le bénéfice de la société, ce genre de balivernes.

— Alors, il y en a pour une bonne semaine.

— A peu près.

— Et après, pour le restant de mes jours ! Andrew, il y a beaucoup de choses dont je voudrais te parler, mais après l'enterrement.

— Il y a quelque chose que je puisse faire entretemps ?

— Non. Je te remercie de tout ce que tu as déjà fait. Je dois te laisser maintenant, j'ai bien peur d'avoir encore beaucoup de choses à faire.

Aux étrangers, je parlai de l'enterrement à Hartley. Avec l'aide d'Edward, nous fixâmes l'heure et la date à laquelle le corps de Martyn serait définitivement perdu pour nous. Puis je pris contact avec la mère d'Anna. Finalement, elle avait renoncé à venir. Nous nous sommes dit adieu.

Edward s'était arrangé pour qu'on me laisse entrer par la ferme. Tard dans la nuit, je me mis en route pour Hartley. Des images d'horreur et de mort m'épiaient derrière les ombres fantomatiques des arbres. La douleur provoquée par la mort de Martyn n'avait d'égal que mon désir pour Anna. Le nom que criait ma voix intérieure était celui d'Anna, Anna, Anna. Mais mes larmes étaient pour lui.

36.

Nous occupâmes tranquillement les recoins de la journée suivante, qui paraissait encore normale. Manger, boire, se laver, se promener. Nous accordâmes plus de temps et d'attention à ces activités, comme si nous les transformions en un rite. Nous préparâmes le service religieux et l'enterrement en intenses petites rafales de coups de téléphone et de rencontres. Edward avait deux lignes sur liste rouge, et la ligne principale était décrochée.

Au bout de l'allée, on apercevait des hommes épuisés, pleins d'ennui, avec des appareils photo. La presse. Je n'éprouvais aucune animosité. Après tout, mon fils avait été l'un d'entre eux. Anna aussi, probablement, avait fait le guet devant des foyers frappés par le chagrin. Afin que, entre le thé et les tartines, l'éternité puisse frapper le cœur des lecteurs.

Le lendemain, en fourgons de métal noirs, nous passâmes devant les journalistes fatigués qui devaient relater notre vie, frustrés par leur échec de la veille, où ils n'avaient pu ni photographier ni voir personne. Les déclics des appareils photo, les questions posées silencieusement de l'autre coté des vitres, semblaient faire autant partie du rituel que le chapelain qui, le visage soucieux, accueillit une nouvelle famille dans ce temple de symboles et de mots ancestraux.

Chœur noir autour de la tombe, notre petite famille assistait à l'impossible. L'enterrement de Martyn. Dans ce décor en noir, je rêvais à Anna. Je créai son image, près de la tombe, tout en blanc. Si blanc. Elle jetait des brassées de roses rouges dans la terre ouverte. Les épines, en lui déchirant les bras, faisaient couler des gouttelettes de sang sur la terre et sur le blanc, si blanc, de sa robe. Blanc. Blanc. Pendant une seconde, tout fut aveuglé par un éclair de blanc. Puis ce fut terminé. Nous reprîmes nos fourgons noirs.

Ce soir-là, Ingrid et moi étions installés dans le bureau d'Edward. Deux personnes, épuisées à mort.

— Je ne veux plus jamais vivre avec toi, dit-elle. Jamais.

— Que veux-tu faire ?

— Je vais aller passer quelques mois en Italie. Arthur Mandelson m'a proposé sa maison près de Rome. Je vais demander à Sally de venir avec moi pendant le premier mois. Jonathan pourra venir la voir. Ensuite, je crois qu'elle aimerait vivre à Londres avec lui.

— Je comprends. Ils sont vraiment faits l'un pour l'autre. Et après ?

— J'habiterai à Hartley. Je prendrai peut-être

un petit appartement à Londres aussi. Je demanderai à Paul Panten de prendre contact avec Andrew pour les arrangements nécessaires.

— Je lui en parlerai.

— Autre chose.

— Oui.

— A partir de demain, je ne veux plus jamais te revoir. Cela m'aiderait énormément d'en être certaine. Cela imposera des sacrifices. Le mariage de Sally..., les réunions de famille..., les enterrements.

Elle rit amèrement.

— Tu as ma parole.

— Tu comprends ?

— Oui.

— Cette nuit-là, cette drôle de nuit où tu m'as demandé de te « donner sa mort », la colère m'a quittée. Elle a volé vers toi. Je la veux hors de ma vie pour toujours. Tu dois t'en aller, et l'emporter avec toi.

— Je pourrai voir Sally de temps en temps ?

— Bien sûr. Mais prie-la de ne jamais m'en parler.

— Oui.

— Je ne te demande pas quels sont tes projets. Que cela reste un secret pour moi.

— Oui.

— Tu ne m'as jamais aimée, tu sais ?

— Peut-être.

— Au fond de moi, je l'ai toujours su. Mais cela semblait nous convenir à tous les deux à l'époque.

— Oui. Oui, cela marchait... si bien.

— C'est la revanche de l'amour, tu ne crois pas ? La rançon ? Il n'accepte pas la tricherie.

— Peut-être.

— Moi aussi, j'aimerais trouver cette sorte d'amour.

Je gardai le silence.

Elle soupira.

— Tu as raison. Je n'y arriverai certainement jamais. Ce serait peut-être trop cruel pour moi. J'aurais trop peur. Je t'aimais beaucoup. A ma façon, je t'aimais. Je ne crois pas que tu aies jamais su à quel point, dit-elle en souriant tristement. Toute mon ancienne vie est enterrée ici, avec Martyn. A Hartley, je trouverai ma voie tant que...

— ... que je resterai en dehors de ta vie.

— Oui. Je suis fatiguée maintenant, si fatiguée. C'est à peine croyable, mais je crois que je vais dormir. Et toi ?

— Je vais rester ici encore un moment. Je voudrais parler à Sally et à Edward ; ensuite, je partirai.

Je la regardai avancer vers la porte, son corps souffrant encore des attaques de la douleur. Elle se retourna et me sourit.

— Adieu. Je ne voudrais pas paraître cruelle, mais quel dommage que tu ne sois pas mort l'an dernier, dans un accident, je ne sais pas...

— Ma tragédie, c'est que je ne suis pas d'accord. Adieu, Ingrid.

Elle ferma la porte derrière elle.

Un peu plus tard, je sortis du bureau, moi aussi. Avec du café et des larmes, sous les regards de

Sally et d'Edward qui ne comprenaient rien, je me coupai de leur vie, comme j'aurais arraché un cancer de leur corps. Avec un fil d'argent de paroles, j'essayai de refermer les blessures.

Je retournai à Londres. Dans l'appartement d'Edward, je fis des projets pour le reste de ma vie.

37.

— J'ai du courrier de Hampstead.

C'était Andrew qui appelait.

— Tu veux que je te l'envoie chez Edward ?

— Andrew, il faut que je te parle... de l'avenir. Tu peux venir me voir ?

— Cet après-midi, vers quatre heures ?

— D'accord.

Il me tendit une grande enveloppe en papier kraft, pleine de lettres.

— Tout est pour moi ?

— Non, il y en a pas mal pour Ingrid, quelques-unes pour Sally.

— Tu peux les envoyer à Hartley ?

— Il risque d'y avoir... des lettres de cinglés.

— Tu peux les reconnaître ?

— On va étudier les enveloppes.

Nous en repérâmes quelques-unes à l'air suspect, mais il n'y avait rien d'inquiétant. Du courrier normal, des offres de service de nettoyage, des avis de vente, des publicités...

— Tout le reste a l'air insignifiant. Envoie-les à Hartley.

— Tu ne verras pas Ingrid... les jours prochains ?

Il me regarda, puis détourna les yeux.

— Andrew, Ingrid et moi ne nous reverrons jamais. Jamais. Je veux que tu prennes contact avec Paul Panten, et que vous parveniez à un accord. Nous sommes riches tous les deux. Ingrid peut garder tout ce qui appartient à notre ancienne vie. Hampstead, les peintures, tout. Si tu contactes Johnson et Albright pour régler les affaires, nous pourrons trouver un compromis financier. Sally a sa vente, bien sûr.

— Et celle de Martyn... maintenant. Excuse-moi, mais c'est une conversation financière.

— Non, tu as raison. Je t'en prie. Et celle de Martyn, oui. Il lui est automatiquement transféré si Martyn meurt sans avoir fondé de famille. Andrew, j'ai encore besoin de quelques jours pour penser à mon avenir. On peut se revoir vendredi ?

— Sans aucun problème.

Il regarda les lettres. Nous vîmes tous deux un courrier venant de France.

— J'y vais, maintenant. On se revoit vendredi. Je mets tout en route.

— Andrew, je ne sais comment te remercier. Tu n'as rien à me dire ? Pas de sermons, pas de conseils ?

— Je te connais trop bien pour te donner des conseils. Ou trop mal peut-être. Bon, à vendredi.

Il sortit. J'ouvris la lettre de France. Elle était de Peter.

« Anna m'a confié une lettre pour vous. Elle a insisté pour que je vous la remette en main propre. Pouvez-vous m'appeler afin de décider où et quand ? »

C'était tout. J'appelai immédiatement.

— Où est Anna ?

— Je ne sais pas.

— Je ne vous crois pas.

— Comprenez donc que ce que vous croyez ou pas n'a aucun intérêt pour moi, dit-il en soupirant.

— Excusez-moi. Quand est-elle partie ?

— Le jour de l'enterrement de Martyn.

— Comment était-elle au courant ?

— Mon Dieu ! Ce n'était guère un secret dans la presse anglaise.

— Où est-elle allée ?

Il ne répondit pas.

— Je ne vous demande pas où elle est maintenant, mais simplement ce qu'elle a fait ce jour-là.

— Elle est allée sur la tombe de son frère.

Pendant un instant, je fus aveuglé par un éclair blanc.

— Seule ?

— Toute seule. Je vais vous le répéter une fois encore. La dernière fois que j'ai vu Anna, c'était le jour de l'enterrement de Martyn. Elle est partie en taxi. Elle m'a dit au revoir. Je crois que cette fois c'était pour de bon.

— Comment était-elle habillée ?

— Quoi ? Elle portait une robe blanche. Elle m'a dit qu'elle allait acheter des roses pour fleurir la tombe. Et elle est partie.

— Rouges, sûrement ? dis-je comme dans un rêve.

— Je ne sais pas de quelle couleur ! Cette conversation ne ressemble à rien. Maintenant, la dernière chose que je dois faire pour Anna, c'est cette lettre. Dois-je vous l'apporter ou venez-vous la chercher ?

— Je viens la chercher.

— Alors, autant venir chez moi.

Il me donna l'adresse.

— Demain, six heures.

— Demain, six heures.

38.

L'appartement avait l'élégance discrète et la simplicité trompeuse que j'associais à présent à Peter Calderon. C'était un homme suffisamment intelligent pour cacher qu'il était brillant. Le genre d'homme à vite tirer la leçon de ses rares erreurs. Comme celle qu'il avait commise avec Anna, il y avait si longtemps.

— C'est très aimable à vous, dis-je pour entamer la conversation.

— Non, ce n'est pas aimable. Je ne fais que mon devoir.

— Ah !

— Voici la lettre. Je préférerais que vous ne la lisiez pas ici.

— Pourquoi ? Vous ne savez pas ce qu'elle contient ?

— Non.

— Mais vous pouvez vous en douter.

— Non. Je pourrais donner mon opinion professionnelle, mais vous ne m'écouteriez sûrement pas.

— Je vous écoute.

— Anna estime qu'il est impossible de poursuivre sa relation avec vous.

— Et pourquoi ? Oh ! bien sûr, la raison est évidente.

— La culpabilité ? Non, non, Anna pourrait parfaitement assumer la culpabilité. D'ailleurs la plupart des gens en sont tout à fait capables. Vous, par exemple, vous avez réussi à tromper votre fils sans aucun problème. Il est presque inutile de mentionner la trahison mineure envers votre femme. Vous êtes ici quelques jours après la mort de votre fils, mort que vous avez provoquée, sans le moindre doute possible. Et vous cherchez Anna. Alors, je vous en prie, la culpabilité ! Cette pieuse expression n'est en fait que l'incarnation d'une grande absolution. Dites simplement votre *mea culpa,* et voilà pour tout châtiment. La culpabilité, c'est le châtiment. Ainsi châtié, et donc purifié, on peut continuer à vivre avec son crime.

— Pourquoi alors ? Pourquoi ne veut-elle plus continuer avec moi ?

— Parce que ce n'est que maintenant qu'elle a enfin fait son deuil d'Aston. Anna m'a parlé de sa relation avec vous. Vous faisiez partie du processus de guérison. De manière vitale. Les limites que vous avez franchies étaient... comment pourrais-je dire... un voyage auquel vous étiez destinés, tous les deux. Mais il est terminé. Terminé, répéta-t-il en me regardant. Du moins, pour le moment, il est terminé pour Anna.

— La dernière chose qu'elle m'a dit, c'est « c'est fini, tout est fini ». Mais je ne l'accepte pas.

— Parce que cela n'est pas encore fini pour vous.

— Cela ne le sera jamais.

— Peut-être. Peut-être. Mais vous ne serez maintenant qu'un visiteur dans de vieilles images, de vieilles pièces, de vieux rêves. Cela vous suffira peut-être.

— Je n'abandonnerai pas.

— Lisez la lettre. Vous prendrez votre décision ensuite. Soyez heureux d'avoir fait le voyage. Peu de gens ont cette chance. C'est peut-être aussi bien. La tragédie est presque toujours au bout de la route. Et si vous aviez su, il y a un an ?

Je le regardai.

— Ma femme aurait voulu que je meure. Pour ne pas vivre cela.

— Mais alors, vous n'auriez jamais vécu, n'est-ce pas ?

— Oui.

Il sourit en me conduisant vers la porte.

— Peu regrettent l'expérience.

— Et vous ?

— Je n'ai jamais vécu ce genre d'expérience avec Anna. Ni Martyn. En ce sens, vous étiez faits l'un pour l'autre. Les hommes et les femmes trouvent des tas de manières d'être ensemble, des tas de manières. Vous avez choisi une voie risquée et dangereuse. La plupart d'entre nous préfèrent des chemins plus sûrs.

39.

Je trouvai un coin tranquille dans un bosquet de verdure du jardin des Tuileries et, adossé à un platane, je lus ma sentence :

« Je dois m'éloigner de toi. J'ai été un cadeau fatal. Je t'ai offert la douleur que tu cherchais si avidement, la plus grande récompense du plaisir. Bien que liés dans un menuet sauvage, ce que nous avons été ou sommes encore a explosé librement. Tels des étrangers sur Terre, à chaque pas nous avons retrouvé le langage de notre planète perdue. Tu avais besoin de douleur. C'était la mienne que tu désirais. Mais, même si tu ne le crois pas, ton appétit est rassasié. Souviens-toi, tu as ta propre douleur maintenant. Cela sera " tout, toujours ". Même si tu me retrouves, je ne serai pas là. Ne cherche pas ce que tu as déjà. Les heures et les jours qui nous étaient donnés, aujourd'hui perdus à jamais, sont aussi " tout, toujours ".

Anna. »

Une feuille tomba sur le sol, géante larme verte. Je n'avais pas de larmes à verser. Je touchai mon corps, mes bras, ma poitrine. Cette chose devait trouver un refuge, jusqu'à ce qu'elle soit finalement prête pour la tombe. Je devais tenir la promesse faite à Ingrid. Vivre, continuer à vivre. Mais j'avais besoin d'un cercueil, d'une certaine façon.

Je me levai. Une fillette, courant frénétiquement derrière son ballon, me heurta de plein fouet. Nous nous regardâmes, et une certaine sagesse la poussa à s'enfuir, en larmes.

40.

Il faut bien peu de temps pour se retirer du monde. Certains aspects matériels doivent être organisés. Andrew s'est occupé des factures et me transfère une certaine somme mensuelle pour mes dépenses. Il a détruit les lettres personnelles adressées à Hampstead ou à Hartley. Le courrier s'est amenuisé à une vitesse considérable. Peu de gens ont mon adresse. Sally, bien sûr, Peter Calderon... au cas où. Mais, au fond de moi, je sais qu'il n'y aura pas de rémission.

Je dus faire une apparition publique à l'enquête. Le verdict conclut à une mort accidentelle. Sally et Edward ne vinrent pas y assister. Bien sûr l'absence d'Anna Barton fit couler beaucoup d'encre.

J'ai un appartement dans une petite rue de la ville où je vis actuellement. Je l'ai choisi avec soin. Ses murs et ses faux plafonds blancs ont guidé mon choix. Depuis, j'ai ajouté des stores blancs aux autres fenêtres, une moquette blanche, des étagères blanches. Plus tard, j'ai également acheté du papier blanc pour couvrir les livres. Les couleurs, si subtiles soient-elles, sont trop pour moi.

La femme de ménage qui vient deux heures par jour n'aime pas que je reste à l'observer. Mais il le faut. Un jour, elle a apporté des roses rouges. Elle n'avait pas trouvé les lys blancs que je lui avais demandés. La douleur s'est déchaînée, il m'a fallu des jours pour l'apaiser.

J'ai deux grandes photographies que je tourne vers le mur lorsqu'elle vient. Si je n'étais pas là, elle essayerait de les retourner. Elles se font face dans le petit couloir qui conduit du salon à la salle de bains. Bien que le photographe ait éprouvé des difficultés à les agrandir à la taille désirée, il a fini par y arriver. Montées sur fond blanc, elles se dressent à un mètre cinquante de haut. Ou reposent.

Je me plie à une discipline. Je prends de l'exercice. J'ai acheté un livre qui reprend les vieilles méthodes de mon père : treize minutes d'exercices de la marine, tous les matins. Ensuite, petit déjeuner, lecture. Rien que des classiques. Il y a de quoi passer toute une vie à lire ici. Et il ne me reste certainement pas toute une vie. Pendant qu'on nettoie l'appartement, j'écoute des cassettes de langues. Je prends des vacances, une fois par an, au soleil, toujours dans un pays différent. Je m'efforce de comprendre au moins un peu la langue du pays que je vais visiter.

Après le départ de la femme de ménage, je fais une longue promenade. Je m'offre un repas léger dans une brasserie. Puis je retourne dans mon havre blanc, et je continue à lire ou j'écoute de la musique. Souvent, je reste assis pendant des heures, me laissant envahir par la pureté blanche de la pièce.

J'ai régulièrement des nouvelles de Sally. Wilbur est mort. Pas d'une crise cardiaque finalement, mais dans un accident de voiture. C'est Edward qui est mort d'un infarctus, dans l'année qui a suivi la mort de Martyn. Je pensais... je redoutais que cela puisse arriver.

Ingrid s'est remariée avec un capitaine d'industrie qui vient juste d'être anobli. Sally ne s'est pas encore mariée. Elle vit toujours avec Jonathan. « Ce n'est pas, m'a-t-elle écrit il y a quelque temps, que je ne fasse pas confiance à l'amour. C'est plutôt que je ne sais plus ce que c'est. »

Je ne me sens jamais seul. L'endroit que je préfère au monde, mon monde à moi, c'est l'étroit corridor qui conduit à la salle de bain. Je m'y installe de temps en temps le soir, et je regarde la photographie grandeur nature de Martyn. Je modifie la position de ma chaise, si bien que la perspective change à chaque fois.

Un jour, je suis simplement resté en face de cette image, les deux bras touchant les bords du cadre. Pendant des heures et des heures, j'ai cherché dans ses yeux un signe indiquant qu'il savait que sa vie ne serait pas telle qu'il l'espérait. Mais, saisi par l'objectif pour l'éternité dans un moment de rire, de puissance et de beauté, son visage semblait jaillir de ce piège de technologie et de verre avec une vie triomphante et conquérante.

Parfois, je regarde Anna... une photographie prise pendant le week-end des fiançailles à Hartley. Je l'ai prise dans le bureau en quittant Hartley pour la dernière fois. Elle me regarde d'un air intrigué. Le mouvement de ses cheveux noirs vaporeux dans la brise contraste avec la ligne droite des yeux sévères et la solennité du visage. Je me souvenais à quel point elle riait peu. Quand je regarde son visage sous tous les angles, je n'y trouve qu'une puissance passive qui semble dire : « Personne ne m'attrapera, parce que je ne bouge pas. »

Ces années de silence sont déjà présentes dans ce visage.

Le désir me trouble rarement. Une fois — et depuis, j'ai cessé de boire —, j'ai posé sa photographie sur le sol. Allongé sur elle, dans ce que je croyais être le paroxysme du chagrin, c'est finalement mon corps qui a trahi son désespoir. Et, tandis que je criais de douleur, je fus envahi par le sperme et les larmes.

Et je me souvins de ce qu'elle m'avait écrit sur la nuit qu'Aston avait passée dans son lit : « Le sperme et les larmes, à jamais les symboles de la nuit pour moi. »

41.

A présent, je m'habille de manière moins rigide, et je porte souvent des lunettes noires. Toutes les couleurs m'offensent.

J'emporte peu de bagages pour mes courtes vacances. L'Allemagne, cette année.

L'aéroport est hideux, bondé, bariolé et bruyant. Je tourne dans un coin. Tout devient silencieux. Il me semble que, soudain, les autres se déplacent au ralenti.

Anna apparaît devant moi. Elle s'avance. Elle m'ôte mes lunettes noires. Elle me regarde, me transperce du regard comme si elle s'arrachait de moi pour toujours. En silence, elle lutte pour retrouver la part d'elle que je garde toujours. Elle est toute-puissante. C'est un acte de repossession. Mon corps semble s'effondrer sur lui-même, devenir un chant ou un cri, un son si aigu, si perçant, qu'il brise les os et déchire les muscles.

Je sais que mon cœur a été arraché. Il se désintègre. Je tombe à genoux. C'est un acte de vénération et de défaite. Mes lèvres effleurent le coton de sa robe. Ses verts et ses jaunes de jardin d'été sont de l'acide dans mes yeux. Quelqu'un se précipite à mon secours. Anna s'éloigne, tout simplement.

— Vous voulez que j'appelle un médecin? demande le jeune homme qui m'aide à me relever.

— Non, non, tout va bien. Je suis médecin.

Je me précipite dans la direction qu'elle vient de prendre. Je la vois rejoindre un homme qui tient un petit enfant par la main. Il se tourne légèrement vers elle, et les lèvres de Peter Calderon lui effleurent les cheveux. De cet angle, je vois que le léger désordre de sa robe est dû à une grossesse.

Je trouve un taxi. Tandis qu'il retourne rapidement vers l'appartement que je ne quitterai sans doute jamais plus à présent, je me demande combien de temps mon corps va survivre. Plus longtemps, plus très longtemps, j'espère.

Des pensées de mort me viennent à l'esprit. Avec un soupir, je ferme la porte.

Mourir, des années peut-être avant que le mécanisme idiot de mon corps se rende enfin. Je murmure à moi-même et aux photographies du couloir : « Au moins, suis-je certain de la vérité, maintenant. »

Pour ceux d'entre vous qui en doutent... c'est une histoire d'amour.

C'est fini.

D'autres auront peut-être plus de chance.

C'est tout ce que je leur souhaite.

Achevé d'imprimer
en août 1992 par
Printer Industria Gráfica, S.A.
08620 Sant Vicenç dels Horts 1992
Depósito Legal: B. 25068-1992
pour le compte de
France Loisirs
123, Boulevard de Grenelle,
Paris

Numéro d'éditeur : 21420
Dépôt légal : août 1992
Imprimé en Espagne